BLEACH
WE DO knot ALWAYS LOVE YOU

contents

朽《くち》木《き》ルキア

一護と彼女が出会ってから、物語ははじまった。

阿《あ》散《ばら》井《い》恋《れん》次《じ》

六番隊副隊長。ルキアとは幼馴染み。

伊《い》勢《せ》七《なな》緒《お》

京楽の副官をつとめる真面目な女性。

京楽《きょうらく》春水《しゅんすい》

山本元柳斎《やまもとげんりゅうさい》の後を継ぎ、護廷十三隊の総隊長をつとめる。

鳳《おおとり》橋《ばし》楼《ろう》十《じゅう》郎《ろう》

三番隊隊長。通称ローズ。ギターを持った伊達男。

砕蜂《ソイフォン》

二番隊の隊長。夜一のことが大好き。

MAIN CHARACTERS

虎徹《こてつ》勇音《いさね》

四番隊に所属。清音の姉。背の高いことが悩み。

吉良《きら》イヅル

戦闘中に死亡したが、マユリの手により復活した。

平子《ひらこ》真子《しんじ》

五番隊隊長。かつては『仮面の軍勢《ヴァイザード》』を率いていた。

山田《やまだ》花太郎《はなたろう》

四番隊に所属している気の弱い死神。

朽木《くちき》白哉《びゃくや》

六番隊隊長。四大貴族・朽木家の当主でルキアの兄。

雛森《ひなもり》 桃《もも》

五番隊副隊長。イヅル、恋次とは同期の仲。

六車《むぐるま》拳西《けんせい》

九番隊隊長。気が短い。平子や白《ましろ》たちと『仮面の軍勢』を結成していた。

射場《いば》鉄左衛門《てつざえもん》

七番隊の死神。サングラスに髭をたくわえた仁義にあつい男。

日番谷《ひつがや》冬獅郎《とうしろう》

十番隊隊長。史上最年少で隊長に就任した天才。

檜佐木《ひさぎ》修兵《しゅうへい》

九番隊に所属。瀞霊廷通《せいれいていつう》信《しん》という機関誌を編集している。

更木《ざらき》剣八《けんぱち》

十一番隊隊長。最強の死神“剣八”の名を持つ。

松本《まつもと》乱菊《らんぎく》

十番隊副隊長。仕事をさぼって日番谷によく怒られている。

綾瀬川《あやせがわ》弓親《ゆみちか》

十一番隊に所属する。確かな実力を持つが隊ではそれを隠している。

斑目《まだらめ》一角《いっかく》

十一番隊の死神。隊の精神を体現するような好戦的な男。

虎徹《こてつ》清音《きよね》

勇音の妹。十三番隊の隊長である浮竹《うきたけ》を慕っていた。

涅《くろつち》マユリ

十二番隊隊長、技術開発局局長。マッドサイエンティスト。

狛村《こまむら》左陣《さじん》

七番隊の隊長だった人狼。戦いの中で全ての力を失くした。

行木《ゆき》竜ノ介《りゅうのすけ》

十三番隊に所属し、空座《からくら》町《ちょう》に赴任した。

矢《や》胴《どう》丸《まる》リサ

その昔八番隊で京楽の部下だった。いかがわしい本の販売で利益を得ているらしい……。

四《し》楓《ほう》院《いん》夜《よる》一《いち》

普段は黒猫の姿をしている。四大貴族・四楓院家の当主でもあった。

毒《どく》ヶ《が》峰《みね》リルカ

『完現術者《フルブリンガー》』として一護たちと戦った少女。一護のことがちょっと気になっていた。

茶《さ》渡《ど》泰《やす》虎《とら》

一護のクラスメイトで親友。戦う力に目覚め、戦列に加わった。

石《いし》田《だ》雨《う》竜《りゅう》

一護のクラスメイトで『滅却師《クインシー》』の少年。裁縫が得意。

井《いの》上《うえ》織《おり》姫《ひめ》

一護のクラスメイトで天真爛漫な少女。盾舜六花《しゅんしゅんりっか》の使い手。

黒《くろ》崎《さき》一《いち》護《ご》

物語の主人公。

BLEACH

WE DO knot ALWAYS LOVE YOU

kubotite
matsubara makoto

JUMP j BOOKS

見えざる帝国《ヴァンデンライヒ》による瀞霊廷《せいれいてい》への侵攻から、三年。

混迷を極《きわ》めた尸魂界《ソウル・ソサエティ》にも、ようやく日常が戻りつつあった。


一番隊隊舎・隊首《たいしゅ》会議場。

「それではこれより、護廷《ごてい》十三隊定例隊首会を始めます。総隊長」

一番隊副隊長・伊勢《いせ》七緒《ななお》にうながされ、同隊隊長である京楽春水《きょうらくしゅんすい》が一つうなずき、前に出た。

「みんな忙しい中悪いね。今日は復興状況の報告だけだから早く済《す》むはずだよ」

各隊の隊長副隊長が居並ぶ会議場をぐるりと見渡す。建て替えられたばかりの会議場はどこも真新《まあたら》しく、清々《すがすが》しい材木の香りに満ちていた。

「はぁ……木の匂《にお》いっていいよねぇ。じゃ、あとは七緒ちゃん、よろしく！」

「はい。ではまず……」

分厚《ぶあつ》い資料をめくりながら、七緒が復興状況の報告を始める。その声に耳を傾けながら、京楽は三年という月日を思った。


瀞霊廷内で最も被害が大きかったのは、一番隊隊舎や数多くの行政施設《しせつ》を含む中央一番区——通称〝真央区《しんおうく》〟であった。

戦時特例として、中央四十六室が自《みずか》らの居住区域である清浄塔居林《せいじょうとうきょりん》を開放したことで、避難した民衆の命は救われた。しかし、戦乱後地上へ戻った彼らが目にしたものは、破壊の限りを尽《つ》くされた一面の焦土《しょうど》だった。家屋を建て直そうにも物資も人手も不足しており、皆がただただ途方にくれる中、いち早く復興へと歩《あゆ》み出《だ》したのは、中央四十六室が一人、阿万門《あまかど》ナユラだった。

藍染惣右介《あいぜんそうすけ》に殺害された父の地位を継《つ》ぐ形で賢者《けんじゃ》となったナユラは、まだ幼さの残る少女である。尸魂界《ソウル・ソサエティ》における全《すべ》ての事象・情報が強制的に集積される大霊書回廊《だいれいしょかいろう》の筆頭司書でもある彼女は、柔軟な姿勢で現世や死神について学び、旧態依然《いぜん》とした四十六室の在《あ》り方を変えるにはどうしたらよいのか、日々模索《もさく》していた。

そんな折に起きたのが、星十字騎士団《シュテルンリッター》による地下議事堂の襲撃である。半数は殺され、生き残った者たちも大なり小なり傷を負った。体は癒《い》えても虐殺《ぎゃくさつ》を目《ま》の当《あ》たりにした恐怖は拭《ぬぐ》えず、辞席を申し出る者が相次《あいつ》ぎ、もはや中央四十六室に戦前のような最高司法機関としての働きは期待できそうになかった。

しかしその状況を前に、ナユラは今こそ変革の時だと奮《ふる》い立《た》った。意気消沈する老賢者たちを叱咤《しった》し、護廷十三隊総隊長である京楽と連携して次々と臨時法を制定した。若い魂《たましい》は前進することを恐れず、その熱に感化された老人たちも、わずかずつではあるが変わり始めていた。

戦後、彼女は真《ま》っ先《さき》に通廷証の手続きを簡略化する法を定《さだ》めた。通廷証とは、流魂街《ルコンがい》から瀞霊廷へ入る際、各瀞霊門の門番に提示しなければならない証書である。本来数週間を要する煩雑《はんざつ》な手続きを経《へ》なければ手に入らなかった通廷証を、各門前に設置された臨時の人別録《にんべつろく》管理局で簡単な手続きさえすれば入手できるようにした。これにより、瀞霊廷外からの資材搬入《はんにゅう》が容易《ようい》となり、流魂街の民《たみ》を広く労働力として迎え入れることが可能となった。また、臨時人別録管理局では指紋の登録と同時に霊力がチェックされ、素養《そよう》がある者には死神の育成機関である真央霊術院《しんおうれいじゅついん》への勧誘《かんゆう》も行われた。この法により尸魂界《ソウル・ソサエティ》が受けた恩恵は計《はか》り知《し》れない。

　資材と人手がそろい、復興は急速に進んでいった。

「報告は以上となります」

　七緒が一礼して下がる。京楽は「さて！」と胸の前で両手を合わせた。

「今日はもう一つ、とっておきの報告があるんだ。……さぁ、出てきて自分たちの口から伝えるといい」

　京楽にうながされ、緊張した面持《おもも》ちで列から歩み出たのは——

　六番隊副隊長・阿散井《あばらい》恋次《れんじ》と、十三番隊隊長代行・朽木《くちき》ルキアだった。

報告

1

今は亡《な》き山本元柳斎重國《やまもとげんりゅうさいしげくに》が、護廷《ごてい》十三隊・鬼道衆《きどうしゅう》・隠密《おんみつ》機動の隊士となる人材を輩出《はいしゅつ》するべく瀞霊廷《せいれいてい》内に設立した、二千年の歴史を誇る死神育成機関、真央霊術院《しんおうれいじゅついん》。

その一画、全院生を収容可能な大講堂に、夏季休暇を終えたばかりの四回生が集められていた。

「先の霊王護神大戦《れいおうごしんたいせん》において、護廷十三隊が約半数の隊士を失ったことは、諸君の知るところだろう」

一同を見渡し、がっしりとした体格の学院長が言葉を続ける。

「今更《いまさら》言うまでもないことだが、我《わ》が真央霊術院は六年制である。しかし一昨年定《さだ》められた死神見習制度の導入《どうにゅう》により、四年時の夏以降、諸君は護廷十三隊各隊に見習として所属し、現場で死神業務の経験を積んでもらうこととなった」

死神見習制度とは、深刻な隊士不足におちいった護廷十三隊を維持《いじ》するために作られた新制度である。見習隊士は、午前は霊術院で学び、午後は各隊に分かれ実際に業務を手伝う。この制度ができる以前、学院生は卒業後各隊に振り分けられ、最初の一年間は見習として先輩隊士について回り、死神の仕事を学んでいた。その見習期間を在学中に済《す》ませてしまおうという仕組みが、この死神見習制度なのである。『人手が足《た》りずあちこちで作業が滞《とどこお》っている！　可及的速《かきゅうてきすみ》やかに人員を補充してほしい！　この際学院生でもかまわない！』という現場の悲痛な声を受け、あくまでも一時的な処置として作られた制度だったが、あこがれの対象を間近に見られることでやる気が向上し、授業も楽しくなった、と当の学院生たちからは好評なようだ。

「そこで本日は、死神としての心構《こころがま》えをお話しいただくため、当霊術院の卒業生である吉《き》良《ら》イヅル三番隊副隊長にお越しいただいた！」

それを聞き、学院生たちはわっと色めき立った。尸魂界《ソウル・ソサエティ》における隊長副隊長は、現世で言う一流芸能人のようなものなのだ。

「では吉良副隊長、宜《よろ》しくお願いします」

学院長にうながされ登壇《とうだん》した吉良イヅルは、生気の感じられない青白い顔で講堂を見渡した。四回生たちは現役副隊長の登場に目をきらめかせている。

（未来ある若人《わこうど》に、死人《しびと》が死神の矜持《きょうじ》を説《と》くとはね……）

イヅルは目を伏《ふ》せ、小さくため息をついた。

講演後、来賓室《らいひん》に通されたイヅルは、ソファーに深く腰掛け、背中を預《あず》けて大きく息を吐いた。若者たちの前向きで真《ま》っ直《す》ぐな視線は、イヅルの精神を大いに疲労させたらしい。

「吉良、ありがとう！　忙しいのにごめんな！」

真央霊術院学院長・石和巌兒《いさわげんじ》は破顔し、低いテーブルを挟《はさ》んだ向かいのソファーに腰を下ろす。

「いいよ。同期の二人が引き受けたのに、僕だけ断《ことわ》るわけにもいかないしね」

一昨年は五番隊副隊長・雛森桃《ひなもりもも》が、昨年は阿散井恋次《あばらいれんじ》が招かれ、同様の講演を行っていたのだった。

石和巌兒

「そう言ってもらえると助かる」

厳兒はホッと息を吐き、「ちょっと書類仕事してもいいか？」と、テーブルの下から紙《かみ》束《たば》が詰めこまれた箱を引っ張り出した。

「普段もここで仕事を？」

「ここの椅子《いす》が一番柔《やわ》らかいからな！　机も広いし」

机上《きじょう》にドサドサと積み上げられていく書類を見て、イヅルは「全然ちょっとじゃないじゃないか」と呆《あき》れたようにつぶやいた。

厳兒はイヅルや恋次と同じく霊術院の二〇六六期生である。六年を通して第一組――成績優秀者のみで構成される特進学級――だったイヅルに対して、厳兒は六年間ずっと第二組に在籍していた。本来ならば接点のなさそうな二人だが、院生寮《りょう》での生活班が同じであったため親しくなったのだった。

「……宿題は溜《た》めてから一気に片づけるタイプだったよね、君」

ひいひい言いながら深夜まで文机《ふづくえ》に向かっていた背中を思い出す。

「言っておくが、これは全部今日の分だからな？」

厳兒は書類に目を落としたまま、不服そうに言った。

「え？　こんなに……？」

「人手が足りないのはどこもいっしょだろ？　俺は書類仕事が得意だから、他の先生の分もこっちに回してもらってるんだ。なんせ俺は、〝書類仕事の虎《とら》〟こと雛森副隊長率《ひき》いる五番隊にいたからな！」

「……率いているのは平子《ひらこ》隊長だろう？　にしても……雛森さんにはそんな異名《いみょう》があったのか……知らなかった」

「ちなみに〝書類仕事の龍《りゅう》〟は藍染惣右介《あいぜんそうすけ》で、〝書類仕事の鷹《たか》〟が俺だ！　いつまでも第二組の俺だと思うなよ？」

「はいはい。五番隊が事務処理に長《た》けているのは十分わかったよ」

ふふん、と得意げに胸をそらせる厳兒を見て、イヅルは小さく笑った。

「さて……仕事の邪魔《じゃま》しちゃ悪いから、もう行くよ」

「待て待て待て！」

立ち上がりかけたイヅルを厳兒があわてて制す。

「久々に会えたんだからもう少し話そうぜ!?　俺、月に一度技術開発局に行く以外はずっと霊術院《ここ》にいるから外の話題に飢《う》えてるんだよ～！」

それを聞いて、イヅルはぴたりと動きを止めた。

「月に一度……開発局に？　どうして……」

「あれ、言ってなかったっけ？」

厳兒は事もなげに、ひょいと袴《はかま》をたくし上げた。

「俺あの大戦の時に両足吹っ飛ばされちゃってさ。義足なんだ、今」

つるりとした乳白色のパーツで造《つく》られた義足が、濃紺《のうこん》の裾《すそ》からのぞいている。

「本物と見分けがつかないような足もあるけど、護廷隊の補償外なんだと。まぁこれでも日常生活にはなんの支障《ししょう》もないからいいんだけどな」

厳兒は五番隊の第三席だった。

星十字騎士団《シュテルンリッター》侵攻時に両足を失い義足となった厳兒は、上位の死神にとって必須《ひっす》とも言える、一瞬にして長距離を移動する歩法・瞬歩《しゅんぽ》が使えなくなった。今の自分に三席は相応《ふさわ》しくない、席次を下げてほしい、と隊長である平子真子《しんじ》に申し出たところ、真央霊術院の学院長になってはどうかと提案されたのだった。

「俺、歩法には結構自信あったから足がこうなってショックだったけど……この仕事始めて、毎日むちゃくちゃ忙しいけど楽しくてさ！　そもそも俺はデキるタイプじゃなかったから、学院生がどういうところでつまずいて、どんな時にくじけそうになるのか、すげぇわかるんだよ。……平子隊長の前では切れ者の三席を演じていたつもりだったのに、見抜かれてたんだろうなぁ、俺の本質」

平子にかけられた言葉が、耳によみがえる。

『学院長、向いてる思うで？　……寄《よ》り添《そ》えるやろ、オマエなら』

自分の資質を認めた上での提言なのだと悟《さと》り、厳兒は感謝とともにそれを受け入れた。

「だからさ！　今はもう気にしてないんだ、足のこと」

ぽん、と膝《ひざ》を叩《たた》いて厳兒が笑う。なるほど彼のこの明るさは迷い多き若者たちの助けとなりそうだ、とイヅルは思った。

「そうか……色々と大変だったんだな、石和」

「いやいや、お前にだけは言われたくないぞ吉良！　お前以上に大変だった奴《やつ》なんかいるかよ⁉」

「それは……そうだね、確かに」

「戦死したって聞いてたお前が、死んだまま戦線に復帰したらしいって情報が入ってきて、大混乱だったんだぞ俺は！」

イヅルは先の大戦で、肉体の三割を失う傷を負《お》い、絶命した。その彼が今もこうして活動できているのは、十二番隊隊長・涅《くろつち》マユリが戦場から回収したイヅルの死体に実験的な肉体改造手術を施《ほどこ》したためである。当人に無許可で行われた手術は見事成功し、イヅルは死んだまま生きることとなった。

「『瀞霊廷通信』の復刊号に載《の》ってた涅隊長の肉体改造実験の研究報告を読んで、ようやく納得いった。そういうことだったのか、って」

九番隊が編集・発行を手がける情報誌『瀞霊廷通信』は、発行体制が整《ととの》わず、大戦後一年間は休刊していた。復刊第一号には、膨大《ぼうだい》な数の戦死者一覧と復興の進捗《しんちょく》状況が掲載《けいさい》されており、巻末の綴《と》じ込《こ》み付録として涅マユリの研究報告が付いてきた。

【吉良イヅル副隊長への死鬼《しき》術式成功！　絶命してももう安心！　死鬼術式の秘密を大公開！】

センセーショナルな見出しが付けられた報告内容により、イヅルが技術開発局局長の悪魔的な実験の被験者となったことが、瀞霊廷中に知れ渡ったのだった。

「なんであれ、俺はお前が生きてて……生きてはないのか……まぁとにかく、また会えてうれしいよ」

「……ありがとう」

つぶやいたイヅルの懐《ふところ》で、伝令神機《でんれいしんき》が震えた。厳兒に「確認しろよ。急用かもしれないだろ？」とうながされ、イヅルは【新着】の文字が点灯している電子書簡に目を通す。送り主は阿散井恋次だった。

「阿散井くんからだ。今夜集まれないか、って」

宛先欄《あてさきらん》には雛森桃の名前もある。

「雛森さんも呼んでいるのか……君もどうだい？」

了解、とだけ返信し顔を上げると、厳兒がにっこり笑って積まれた書類に手を置いた。

「これが見えないかね？　吉良副隊長」

「……みんなにはよろしく伝えておくよ、学院長」

そう言って、イヅルも笑顔を返した。

二人が近況を語り合っていると、開け放たれた窓の外から、黒髪の女が飛びこんできた。頭の動きに合わせて、つややかなポニーテールが揺れる。

「楽しくやっとるかの？」

両手を腰に当て、ニィと笑ってみせたのは、四楓院夜一《しほういんよるいち》だった。

「お疲れ様です、四楓院先生！」

「ご無沙汰《ぶさた》しています、四楓院さん」

立ち上がろうとした二人を手で制し、夜一はイヅルの横にどっかと腰を下ろす。

「吉良とは半年ぶりじゃの。どうじゃ、鳳橋《おおとりばし》とは仲良うやっておるか？」

三番隊隊長・鳳橋楼十郎《ろうじゅうろう》は音楽への造詣《ぞうけい》が深く、楽曲鑑賞《かんしょう》だけでなく、楽器を演奏することも愉《たの》しみとしている。夜一が四楓院家の当主を務《つと》めていた時分、楼十郎が現世から持ちこんだ楽器の修理や調整を四楓院家の雅楽《ががく》隊に依頼していたこともあり、二人は旧知の間柄《あいだがら》であった。年に一度か二度、夜一は現世の土産《みやげ》をたずさえ三番隊の執務《しつむ》室を訪れる。その際何度か言葉を交《か》わしたため、イヅルとも面識があるのだった。

「ええまぁ、それなりに。職務中の奏楽《そうがく》にも慣《な》れましたよ」

「……慣れていいのか？」

厳児の問いかけに、イヅルは肩をすくめた。

三番隊には、隊首室《たいしゅ》はもちろん執務室にも多くの楽器が並べ置かれ、楼十郎の気分次第《しだい》で職務中でもおかまいなしに演奏が始まる。最初こそとがめていたイヅルだったが、演奏後は仕事の効率がぐんと上がることに気づいて以降、それを黙認しているのだった。

「大目に見てやれ！　彼奴《きやつ》から楽器を取り上げたら、なーんにも残らんからの！」

「なんにも、ってことないでしょうよ」

夜一は涼しい顔で、厳兒のたしなめるような視線を無視する。この二人もうまくやっているらしい、とイヅルは内心でほほ笑《え》んだ。

「ところで……講師の仕事はいかがですか？　四楓院先生」

「はっ！　若造がからかいよって……」

イヅルをちらりとねめつけてから、夜一は厳兒に手のひら大の紙片を渡した。

「此処《ここ》に名のある者は、もう正式入隊させてもよいじゃろう」

厳兒は書きつけられた名前を見て、うんうんなるほどとしきりにうなずいている。

「この丸が付けてある子はなんです？」

「ああ、其奴《そやつ》は九番隊に入れてやれ。白打《はくだ》の才は乏《とぼ》しいが、利発じゃし、書き物をするのが趣味なんじゃと」

「承知しました！」

厳兒は懐から取り出した手帳に夜一の言葉を書《か》き留《と》め、紙片を挟《はさ》んで閉じた。

「驚きました……ちゃんと〝先生〟をしてらっしゃるのですね」

イヅルの物言いに、夜一がぴくりと片眉《かたまゆ》を吊《つ》り上《あ》げる。

「……おぬしさっきから儂《わし》を舐《な》めとらんか？」

「そんな滅相《めっそう》もない……！　ただ、お引き受けになる際に四楓院さんが心底面倒そうな顔をしていた、と隊長から聞いていたので……」

「今でも心底面倒じゃと思うとるわ」

「四楓院先生……学院生の前では言わないでくださいよ？　そういうこと」

夜一は、わかっている、と言いたげな顔で厳兒を見、腕組みして天井を仰《あお》いだ。

「儂は天才じゃから凡人への指導法なぞわからんと言ったんじゃがのぅ……半月に一度の特別講師を引き受けるか、復隊して八番隊の隊長になるかと言われては、此方《こちら》を引き受けるほかなかろう」

復隊を拒否するのであれば、隔週で五、六回生に白打・歩法の講義を行うこと。それが京楽《きょうらく》総隊長から夜一へのお達しだった。

「四楓院さんほどの人材を遊ばせておくわけにはいかなかったんでしょう……各隊最低一名は霊術院講師を選出するように、と全隊に指令が下ったくらいですから」

「霊王護神大戦で、元々の先生方は大勢亡《な》くなってしまったからな……」

大戦時、学院生は全員寮に避難していた。

霊圧《れいあつ》が多く集まっていたせいか、寮には見えざる帝国《ヴァンデンライヒ》の雑兵《ぞうひょう》・聖兵《ゾルダート》の攻撃が集中し、学院生たちの眼前で講師陣による決死の防衛戦が繰《く》り広《ひろ》げられた。講師は皆席官《せきかん》経験者で手練《てだれ》ぞろいだったが、それでも数的優位をくつがえすのは難しく、一人また一人とその命を散らせていった。

絶望的な状況下、暗雲を切り裂いて現れた、仮面をまとった死神。

『スーパーヒーロー参上っ!!』

踏み倒した聖兵《ゾルダート》の上でビシッとポーズを決めたのは、九番隊〝スーパー〟副隊長・久南《クナ》白《ましろ》だった。

九番隊隊長・六車拳西《むぐるまけんせい》は、星十字騎士団《シュテルンリッター》を迎え撃つべく出陣する際、白の随行《ずいこう》を許さなかった。

「やーだー！　あたしも行く！　しゅーへーだけ連れてくなんてズルっこじゃん！　ズルズルズルズル〜〜〜!!」

当然、白は地面を転げ回って反発した。普段であればうるせえと一喝《いっかつ》する場面だったが、拳西は膝を折り、白と視線を合わせて言った。

「霊術院に行け、白。行って未来の死神を護《まも》れ」

左腕をつかんで立たせる。そこには白お手製の副官章がはめられていた。

「……お前はただの副隊長じゃねぇんだろ？」

背中を押された白は、振り向かず、夕空へ跳躍《ちょうやく》する。

【ＳＵＰＥＲ９】の刻印が日没間際《まぎわ》の光を受け、赤くきらめいた。

虚《ホロウ》化した白の働きで学院生は護られたが、講師の数は三分の一以下にまで減ってしまい、死神の育成が急務の今、その補充は最重要課題と言っても過言《かごん》ではなかった。

「霊王護神大戦、か……胸糞《むなくそ》の悪い名じゃの」

夜一は吐き捨てるように言う。イヅルも同感だった。

「……仕方ありませんよ。真実を報《しら》せれば、混乱は避けられない」

黒崎一護《くろさきいちご》がユーハバッハに勝利した後《のち》、その亡骸《なきがら》は零番隊《ゼロばんたい》隊士の手で霊王宮《れいおうきゅう》へと運ばれた。死してなお莫大《ばくだい》な霊力の宿る遺骸《いがい》に何百もの結界《けっかい》を張《は》り巡《めぐ》らせ、それを新《あら》たな楔《くさび》として霊王大内裏《だいだいり》へ納めることで、世界は崩壊《ほうかい》を免《まぬが》れた。

霊王の崩御《ほうぎょ》も、今この世界を繋《つな》ぎ留《と》めているのが大戦の首謀者《しゅぼうしゃ》であることも伏《ふ》せられ、見えざる帝国《ヴァンデンライヒ》による一連の侵攻戦争には〝霊王護神大戦〟という名が付けられた。

「霊王宮は守護され、霊王は弑《しい》されなかった……学院生にそう教えているとさ、俺たちが学んだ歴史の中にもこんな風《ふう》に改竄《かいざん》されたものがあったんだろうなぁ、と思うよ」

厳兒はやりきれないといった表情で、小さく首を振った。

「紡《つむ》ぎ手《て》の都合で捻《ね》じ曲《ま》げられる……歴史とはそういうものじゃ」

そうつぶやいた夜一の瞳《ひとみ》が、わずかに憂《うれ》いを帯《お》びた。彼女がかつて反逆者と見なされ尸魂界《ソウル・ソサエティ》を追われた身であることに思い至り、二人は黙りこむ。

「揃《そろ》って辛気《しんき》臭《くさ》い顔をするな！　別に儂はなんとも……」

不満げな夜一の言葉は、扉をノックする音に遮《さえぎ》られた。

「学院長先生ー！　終わった書類をもらってこいって言われて来ましたー！」

男子学生と思《おぼ》しき声が、扉越しに聞こえてくる。

「自分で持っていくから大丈夫だ！　……ちょっと行ってくるよ。正式入隊の件も話さなきゃならないし」

厳兒は二人にそう断ると、処理済みの書類を抱《かか》えて部屋を出ていった。

足音が遠ざかるのを待って、夜一がイヅルのほうへ顔を向ける。

「……二人きりじゃな」

その目に悪戯《いたずら》な笑《え》みを見て取り、イヅルは寒気《さむけ》立《だ》った。

(蛇《へび》に睨《にら》まれたカエル……いや、この場合は猫に睨まれたねずみか……?)

などと考えていると、夜一がずいっと身を寄せてきた。

「ひっ……!」

寄られた分後ずさると、背中がソファーの肘《ひじ》置《お》きに当たり、行き止まる。

「聞くところによると、おぬし、体に大穴が空《あ》いておるそうじゃの?」

「……な、なんですかいきなり……」

イヅルは思わず右胸に手をやった。中が空洞のため、その手が死覇装《しはくしょう》に沈みこむ。

死鬼術式直後は、穴を覆《おお》わず体内の熱を逃がすよう言いつけられていたため、片肌脱ぎの状態で生活しなければならなかった。しかし大戦後のバージョンアップを経《へ》て放熱問題が解消され、穴をさらす必要がなくなり、イヅルは元通り死覇装をまとえるようになったのだった。

「涅が言っておったぞ？　眠《ネムリ》は義魂《ぎこん》技術の、吉良は肉体改造技術の傑作じゃとな。……どれ、その穴ちょっと見せてみい」

「な……っ⁉　嫌《いや》ですよ！」

「堅《かた》いことを言うな、断面がどうなっておるのか見たいだけじゃ。減るもんでもなかろう？　ほれほれ」

夜一はイヅルの抵抗などおかまいなしに、右袖《みぎそで》をつかんでぐいぐいと引っ張る。

「やめてください！」

襟《えり》にかけられた手を外《はず》そうと身をよじったところに、開く扉が目に入った。

「吉良！　こいつらがいくつか質問したいと……」

女子学生二人を従え戻ってきた厳兒は、二人を見て硬直した。

死覇装が着崩《きくず》れているイヅル。半《なか》ば馬乗りになっている夜一。

厳兒は即座に扉を閉めた。

「す、すまん吉良！」

「謝《あやま》らないでくれ違うんだこれは！」

イヅルは夜一を押しのけ部屋を飛び出した。廊下から、「ごめん！」「違うんだ！」とい

う二人の声が聞こえてくる。

「変に勿体《もったい》つけるからこうなるんじゃ……」

夜一は悪びれる様子《ようす》もなく、来た時同様、窓から去っていった。

――翌日、〝四楓院先生と吉良副隊長のイケナイ関係〟の噂《うわさ》が霊術院を駆《か》け巡《めぐ》った。それからしばらくの間、イヅルは夜一を敬愛する二番隊隊長・砕蜂《ソイフォン》と顔を合わせる度《たび》に、呪《じゅ》殺《さつ》されそうなほど睨みつけられたという。

2

中央一番区・真央《しんおう》図書館。

伊勢《いせ》七緒《ななお》は、久々の休日を読書に充《あ》てていた。

再築されて間もない図書館には通《かよ》い慣《な》れた元の建物の面影《おもかげ》がなく、少し落ち着かない。

それでも、一冊また一冊と紙の匂《にお》いに包まれページをめくっているうちに、内容以外のことは気にならなくなった。

新《あら》たな一冊を手に取る。何度も読み返しているお気に入りの本だった。表紙をめくると、そこに八番図書館所蔵の書籍であることを示す印が押されていた。

（この本、私が押印《おういん》したものだわ……）

所蔵印の隣に【伊勢七緒】と担当者名が記入されている。まだ幼さの残る、拙《つたな》い文字だった。

護廷《ごてい》十三隊各隊の居住区画には、それぞれに一棟《いっとう》ずつ中規模の図書館が建っている。大戦による被害状況は大小様々だったが、生活に必須の場所から復興が進んでいたため、どの図書館も破損部分を放置したまま休館していた。復興箇所の視察に出た際、七緒はその状況に心を痛め、真央図書館だけでも優先的に復興できないか、と総隊長である京楽《きょうらくしゅん》春水《すい》に訴え出たのだった。

工事はすぐに始まり、戦災を乗り越えた本が各図書館から集められ、真新《まあたら》しい書架《しょか》に収められた。

（焼けなかったのね……よかった）

幼くして八番隊に所属した七緒は、入隊後すぐに八番図書館の蔵書整理を任《まか》された。

その頃副隊長を務《つと》めていた矢胴丸《やどうまる》リサは無類の読書好きで、『図書館に所蔵するため』

という建前《たてまえ》で隊費を使い本を買《か》い漁《あさ》っていた。読み終えた本を適当に箱詰めしては蔵書保管室に放りこんでいく副隊長のせいで、八番図書館の保管庫は無秩序もいいところだった。

今年真央霊術院《れいじゅついん》を卒業する学院生に真央図書館の名誉会員——年間の貸出冊数が一千冊を超えた者に贈られる称号——がいるらしい、との噂《うわさ》を聞きつけたリサは、鬼道衆《きどうしゅう》へ配属希望を出している伊勢七緒は八番隊に迎えるべき人材である、と京楽に進言した。京楽は一瞬驚いたように動きを止めたが、すぐに笑《え》みを湛《たた》えて、『ボクら気が合うねぇ』と今まさに記入していた七緒の入隊に関する手続書類をリサに掲《かか》げてみせたのだった。

その偶然について、リサはそれほど疑問を持たなかった。八番図書館の惨状《さんじょう》は当然京楽も把握《はあく》していたし、七緒がその改善に適した人材であることは誰の目にも明らかだ。リサが聞いたのと同じ〝名誉会員の噂〟が耳に入れば、京楽が七緒獲得に動くのは自然な流れだと思えた。

——そこに神剣《しんけん》・八鏡剣《はっきょうけん》にまつわる彼の思惑《おもわく》があったことなど、当時のリサには知る由《よし》もない。

斯《か》くして七緒は八番隊に配属され、秩序を失った八番図書館へと送りこまれたのだった。

（懐《なつ》かしいな……）

積み上げられた箱から本を取り出し、ざっと内容を検分して所蔵印を押す。本の情報を図書館の端末に打ちこみ、分類法に従って配架《はいか》する。本好きの七緒にとっては、とても楽しい仕事だった。時折新たな蔵書をたずさえ保管室へやってくるリサとも親しくなり、毎月一日には終業後の執務《しつむ》室に互いのおすすめの本を持ち寄って、二人だけの読書会を開いていた。

リサが藍染惣右介《あいぜんそうすけ》による虚化《ホロウか》実験の犠牲《ぎせい》となったあの夜も、七緒は本を抱いて隊舎を訪ねたが――その日以降、読書会が開かれることはなかった。

『……この本、リサちゃんの机にあったんだ。読書会のために準備したものだろうから、キミに』

リサの失踪《しっそう》から数日後、七緒を訪ねて図書館へやってきた京楽から渡された、一冊の本。それは、席官《せきかん》のみに閲覧《えつらん》を許された高等鬼道の教本だった。こっそり読むんだよ、と小声で囁《ささや》き去っていく京楽の背中を、七緒は今でも鮮明に覚えている。

「あれがなかったら、副官になんてなれなかったでしょうね……」

斬術《ざんじゅつ》の才が乏《とぼ》しいことを悩んでいた自分のために、リサが示してくれた道。元来鬼道には長《た》けていた七緒だったが、これを切っ掛けに斬拳走鬼《ざんけんそうき》をバランスよく身につけるという考えを捨て、誰よりも優《すぐ》れた鬼道の使い手となるべく、教本を頼りに腕を磨《みが》き続けた。

ぼろぼろになった鬼道の教本は今でも七緒の宝であり、支えだった。

「こんにちは、七緒さん」

小さな声で名前を呼ばれ、思い出の中から引き戻される。振り向くと、雛森桃《ひなもりもも》がほほ笑《え》んでいた。

「非番ですか?」

尋《たず》ねつつ、七緒の対面に座る。

「ええ、そうなの。雛森さんは……まだ執務時間中よね?」

近くの柱にかけられた時計を見る。終業時刻までまだ二時間ほど残っていた。

「平子《ひらこ》隊長の命令で、今日はもう上がれ、って。年頃の娘が仕事ばっかりするもんやない！　程々《ほどほど》にサボったらええねや！　っていつも叱られてます」

「あら、お優しい」

「そう言う七緒さんだって、非番の日に仕事をしようとするとどこからか総隊長が現れて怒られる、って困ってたじゃないですか。平子隊長も総隊長も、あたしたちを休ませようとしすぎだって思いません？」

「本当にそうよね！　こうやってゆっくり読書できるのはうれしいけれど、この時間を仕事に充てられたら、って少し後ろめたく思う気持ちもわかってもらいたいものだわ……」

「まったくです！」

上官の気づかいに、二人はそろってため息をついた。

「あんたら仕事好きすぎへん？」

背の高い書架の陰《かげ》から、ひょいと矢胴丸リサが顔を出した。

「リサさん！　……あっ」

声が大きかった、と雛森が口を押さえる。リサは、「安心しやあ。今あたしらしかおらんで」とあわてる雛森を落ち着かせ、七緒の隣に座った。

「……今でも好きなんやね、読書」

机に積まれた本に目をやり、ぽつりと言う。七緒はハッとしてその横顔を見つめた。表情の乏しい人だが、その瞳《ひとみ》には懐かしさが滲《にじ》んでいる。

これまでの思いが迫《せ》り上《あ》がってきて、七緒はぎゅっと胸を押さえた。

「矢胴丸さん……！　私…ずっとあなたにお礼を……！」

「そんなんいらん。……ほれ見い、七緒が急に盛り上がるもんで、雛森がびっくりしとるやん」

「えっ⁉　いやいやあたしのことはおかまいなく……！　隅《すみ》っこのほうで本でも読んでくるので……」

雛森は眼前で両手を振り、いそいそと立ち上がる。

「雛森、座っとれ」

「はいぃ……！」

射《い》るようなリサの視線に逆らえず、雛森は即座に着席した。ばつが悪そうな七緒とプルプル震える雛森を見て、リサは小さくため息をついた。

「……七緒があたしに何を感謝しとるんか知らんけど、あたしがあんたにしたったことなんて、あんたの人生にとってはほんの些細《ささい》なこと……ただの切っ掛けにすぎへん。あんたが副隊長になったんは、あんた自身ががんばったからやろ？　だから、あたしに礼なんていらんの。わかった？」

「矢胴丸さん……」

「返事は！」

「は、はいっ！」

七緒はこのやり取りに、泣きたくなるような懐かしさを感じていた。

（ああ、そうだ……矢胴丸副隊長は、感謝されるのが苦手《にがて》だったっけ……）

七緒が謝辞《しゃじ》を述べると、いつも居心地悪そうな顔をして眉間《みけん》にしわを寄せていた。尊敬する副隊長の気分を害さないようにと、感謝を伝えたい時は言葉にせず、ただ頭を下げていたことを思い出す。

七緒はリサを真《ま》っ直《す》ぐに見て、静かに一礼する。顔を上げると、ようやく思い出したか、と言いたげな瞳《ひとみ》でリサが自分を見つめていた。

「ふっ……うぅぅ……ひっう……！」

対面から漏《も》れてきた声に二人が顔を向けると、雛森がボロボロと涙を流していた。

「えっ⁉　雛森さんどうしたの⁉」

七緒はあわてて雛森に駆け寄り、ハンカチを渡して背中をさする。

「ごめっ…なさい……！　なんか…時間の重みをっ…感じちゃって……二人に…色々あったんだな……って思ったら…あたし……っ！」

「感情移入が激しすぎへん……？」

呆《あき》れるリサの前で、七緒が雛森をなぐさめ続けている。

『やはり……斬術が苦手では、護廷隊士失格でしょうか……？』

今にもこぼれ落ちそうなほど目に涙を溜《た》めて自分を見上げていた、幼い瞳を思い出す。

あの夜、七緒のために用意していた鬼道の教本は、ちゃんと彼女の手に渡ったらしい。

（あの小さかった伊勢七緒が、今や一番隊の副隊長か……）

一〇〇年の時の流れとはこういうことか、とリサは自嘲《じちょう》気味に笑った。


雛森が泣《な》き止《や》むのを待って、リサは二人の前に今年度版の全席官名簿を広げた。

「ちょっと二人に協力してほしいんやわ」

名簿には、各隊毎《ごと》に隊長から第二十席までの顔写真と名前が載《の》せられている。

「あの……リサさん、これは……？」

「あたしが八番隊の隊長になってからもうすぐ半年になるんやけど、副官を指名しろって
ずーっと言われとるんやわ」

京楽と七緒が一番隊へ移って以降、八番隊の隊長・副隊長業務は七緒が代行していた。

半年前にようやくリサが新隊長に就任《しゅうにん》し、めでたく隊長業務は引《ひ》き継《つ》がれたのだが、リサが副隊長業務の代行を頑《がん》として拒《こば》んだため、今もその分は一番隊の七緒が代行している。

「私も早く代行から解放していただけると助かります……」

一番隊には、七緒の他にもう一人、沖牙源志《おききばげんし》郎《ろう》という優秀な副官がいるため、八番隊の業務を代行することは不可能ではないのだが、その分の時間を他に回せたら……と思うのも無理はなかった。復興が急がれる今、時間はいくらあっても足《た》りないのだ。

「総隊長に、あんたんとこ副官二人おるんやから七緒ちょうだいって言ったら、『絶対ダメ！』やと」

七緒は頬《ほお》がかぁっと熱くなるのを感じ、平静を取り戻そうと一つ咳払《せきばら》いした。

「そもそも、八番隊の副隊長には四番隊第三席の伊江村八十千和《いえむらやそちか》さんを置くはずだったんです。そのつもりで、伊江村さんの籍はすでに四番隊から抜いてありましたし」

その際、伊江村が抜けた第三席には、同隊第七席の山田花太郎《やまだはなたろう》が昇進したのだった。

「でも、大戦後に七番隊隊長に就任された射場《いば》さんが、伊江村はうちで引き取りたい、とおっしゃって……それで、八番隊の副官候補者は白紙になってしまったんですよね……」

各隊の隊長には、副官から第九席までを指名する権利が与えられており、それは中央四十六室から下される任官指名令に勝《まさ》る効力を持つ。伊江村の八番隊移籍は四十六室の裁定だったため、射場鉄左衛門《てつざえもん》の指名権が優先されたのだった。

「阿近狙《アコンねら》っとったのにマユリに取られてまったし、三席のこいつ……円乗寺《えんじょうじ》を繰《く》り上《あ》げるのもなぁ」

リサは左手の指先で三つ編みの先端をくるくるともてあそびつつ、右手で名簿の円乗寺を指《さ》した。着任して半年経《た》つのに未《いま》だ名前を覚えていないあたり、第三席・円乗寺辰房《たつふさ》への興味の無さがうかがえる。

「円乗寺三席、ダメなんですか?」

雛森に問われ、リサは、「だめやね」と首を横に振った。

「よう見てみやあ、こいつ顔が雑魚《ざこ》っぽいやろ? 副隊長って顔してないやん」

「あは…ははは……」

あんまりな言《い》い様《ざま》に、七緒と雛森はもう笑うしかない。

「で、二人に聞きたいんやわ。この際席次は低くてもかまわへんから、あたしがサボりまくれるような、仕事ができてうるさいこと言わへん子、おらん?」

リサが全席官名簿をトントンと指で叩《たた》いて言う。「サボるのは程々にしてくださいね

……」と前置きした上で、雛森は四番隊第三席の山田花太郎を指した。

「花太郎くんはどうでしょう？　働き者だし、気は弱いけどとっても才能のある子ですよ！」

「四番隊で山田って……清之介《せいのすけ》の関係者か？」

雛森は聞き慣れない名に、「清之介……さん？」と首を傾《かし》げた。

「とても懐かしいお名前ですね……山田清之介副隊長。確か、花太郎さんのお兄様じゃなかったかしら……？」

「えっ⁉　花太郎くんのお兄さんって、副隊長さんだったんですか⁉」

驚く雛森に、七緒は、ええ、とうなずいてみせる。

「矢胴丸さんが八番隊の副隊長をしていらっしゃった時、四番隊の副隊長位に就《つ》いていた方です。虎徹勇音《こてついさね》さんが副隊長に昇進した際、入れ替わる形で引退されましたね」

「ふぅん……清之介の弟なら能力は確かなんやろうけど……」

リサは名簿の写真をまじまじと見つめた。口を半開きにした八《はち》の字眉《じまゆ》の青年が、ぎこちない笑顔で写真に収まっている。

「ちょっと小突《こづ》かれたら死にそうな顔しとるし、この子も副隊長って感じやないなぁ……」

「やはり顔ですか……」

七緒が苦笑すると、雛森も名簿を見つめて、うーむと頭をひねった。

「この綾瀬川弓親《あやせがわゆみちか》ってどんな子？　ナルシストっぽいけど仕事はできそう」

リサは十一番隊の第三席を指す。問われた二人が目を合わせ、同時に小さくため息をついた。

「弓親さんは、確かにとってても優秀な方なんですけど……」

「彼はこれまでも他隊への異動を拒否しているので、おそらくは断《ことわ》られるかと……」

二人の返答を聞き、はぁ、とリサが頬杖《ほおづえ》をつく。

「にしても、さすがに知らん子ばっかりやなぁ……」

全席官の顔写真を見渡すと、もはや自分のほうが新参者《しんざんもの》なのだと思い知らされる。

「一〇〇年以上在籍されている方となると、それなりの席次に就かれていたと思うんですが……大戦後、かなりの数の席官が入れ替わってしまいましたからね……」

上位の席官ほど前線に出て戦った。結果その多くが命を落としたが、彼らの背中は遺《のこ》された者たちに、席位を得ることの責任と矜持《きょうじ》を痛烈に焼きつけたのだった。そのせいか、新たに選出された席官たちの瞳には、強い覚悟が宿っている。

「はぁーあ、七緒が一番隊の仕事に慣れたら、沖牙さんうちにもらえんかなー」

リサは椅子《いす》に背を預《あず》け、組んだ足をぶらぶらさせつつ言った。

「どうでしょうね……？　沖牙さんは沖牙さんで、一番隊になくてはならない方ですから……月例のお茶会も、今は沖牙さんが主催してらっしゃいますし」

生前、山本元柳斎重國《やまもとげんりゅうさいしげくに》は、月に一度隊士を集め、自《みずか》ら点《た》てた抹茶《まっちゃ》をふるまっていた。

彼の死後、園庭に面した茶室が破壊されたこともあり茶会は休止されていたが、隊舎及び茶室の再築に合わせて、沖牙の手により再開されたのだった。

「一番隊のお茶会再開したんですね！　知らなかったなぁ……！」

雛森は副隊長に就任した際、一度だけ、藍染に随伴《ずいはん》し月例茶会に参加したことがある。

総隊長を前にひたすらに緊張していて抹茶の味はまったく思い出せないが、そんな自分を目を細めて見ていた元柳斎の姿だけは、よく覚えている。

「沖牙さんが、まだ他隊の方に振る舞えるような腕ではないから周知するのは待ってほしい、とおっしゃって。……それにね、今私、紅茶の勉強をしているの。お茶会で、抹茶だけじゃなく紅茶もお出しできたらいいな、と思って」

「そうか、雀部《ささきべ》さんの……」

リサがぽつりとつぶやく。七緒は淋《さび》しげに笑って、うなずいた。

「終業後に雀部副隊長が遺してくださった資料を読んでいるのですが、知れば知るほど紅茶の世界は奥が深くて……あの方が熱中されていたのもうなずけます」

先の大戦で亡《な》くなった一番隊副隊長・雀部長次郎忠息《ちょうじろうただおき》は、英国へのあこがれから紅茶に傾倒していた。リーフの栽培こそ思うようにはいかなかったが、紅茶に対する造詣《ぞうけい》は尸魂《ソウル・》界《ソサエティ》の誰よりも深く、彼が独自にブレンドした紅茶は洋を嫌う元柳斎が『うまし』と認めるほど絶品であった。

「後進にこんだけしてもろたら、ジイさんも雀部サンも浮かばれるわな～」

先程リサが潜《ひそ》んでいた書架の陰から、今度は平子真子《しんじ》がゆらりと姿を現した。

「ひ、平子隊長⁉」

「一体いつからそこに……⁉」

雛森と七緒が椅子から落ちそうなほど驚く中、リサは一人涼しい顔をしている。

「茶会の話あたりからおったな。当然あたしは気づいとったよ」

「気づいてたなら言ってくださいよ！　というか来てすぐ声をかけてください、隊長！」

「そう怒りなや、桃。いやァ、女子の集まりにオレが入ってもええんやろか、て声かけよか迷ってたんや」

「盗み聞きしたかっただけやろ、スケベ」

冷ややかなリサの物言いに、「オマエにだけは言われたないわッ！」と平子が反論した。

「せやけどまぁ、女三人集まってなんの話するんかと思たら、元柳斎、沖牙、雀部て……ジジイの話ばっかりやないかい！　恋バナの一つもせえや!!」

「勝手な期待をして勝手に怒らないでください……」

七緒がこめかみを押さえ、ため息混《ま》じりにそう言った時、外から終業時刻を報《しら》せる鐘《かね》の音《ね》が聞こえてきた。

「いけない、こんな時間……！　私もう戻りますね」

七緒は手早く本を書架へ戻し、出入り口の前で振り向いた。

「雛森さん矢胴丸さん、今日はありがとう。またお話しましょう！」

二人ににこりと笑いかける。

「ええ、また！」

雛森は笑顔で手を振り、リサは無言で小さく手を挙げた。

「それから……平子隊長、今後こっそり近づくのはやめてくださいね？」

最後にそう釘《くぎ》を刺し、七緒は図書館をあとにした。平子は苦笑し、窓辺《まどべ》の壁に寄りかかる。

「あのちっちゃかった七緒チャンが、よくもまぁ立派に育ったモンやで……」

各隊の居住区画に建てられた図書館はその隊の管理下で運営されるため、四番図書館には医術に関する本が多く、六番図書館には貴族史や礼儀作法の本が多いといった具合に、隊風を反映した品ぞろえになりがちであった。平子の住まいからほど近い五番図書館は、護廷十三隊一の蔵書量を誇っていたが、その大半が藍染惣右介寄贈による真面目《まじめ》な学術書であり、平子の食指が動くものではなかった。それに対し、八番図書館はリサが興味の赴《おもむ》くままに買い漁った多ジャンルの本が混在していたため、平子も足繁《あししげ》く通っており、その際そこで働いていた幼い七緒の姿を目にしていたのだった。

終業時刻を過ぎ、仕事帰りの隊士たちがぱらぱらと入館し始める。開館している図書館はまだこの真央図書館だけなので、全隊から隊士が集まってきていた。比較的入り口に近い席に座っている三人に軽く会釈《えしやく》をしてから、皆奥へと入っていく。

「建て替えられてから初めてここに来よったけど、わりかし盛況やねんなー」

「ええ。各隊の図書館から集められた本が並んでますから、あちこち回らなくてもいろんなジャンルの本が読めるって評判なんですよ。隊長もそれがお目当てなんじゃ……？」

「いや、オレはリサを探しとったんや」

全席官名簿を折《お》り畳《たた》んでいたリサが、「あたし？」と顔を上げる。平子は隊首羽織《たいしゅばおり》の袂《たもと》から『瀞霊廷通信《せいれいていつうしん》』の通販目録を取り出し、角を折ってあるページを開いた。それは、『ＹＤＭ書籍販売』が取《と》り扱《あつか》っている高額商品のページだった。

リサは藍染の反乱後、現世で販売されている本やＣＤを取り寄せ、購入者《こうにゅうしゃ》のもとへ秘密裏《ひみつり》に配送する事業『ＹＤＭ書籍販売』を興《おこ》し、死神を相手に多大な利益を得ていた。大戦を経《へ》て顧客《こきゃく》の絶対数が減り、暇を持て余していた折りに隊長就任の打診を受けたリサは、復興後の事業拡大を睨《にら》み、副業を認め商品の運搬《うんぱん》に八番隊穿界門《せんかいもん》の使用を許可することを条件に、隊長職を受けたのだった。

九番隊に広告費を支払い、毎月の通販目録内に商品ページを得たことで、『ＹＤＭ書籍販売』の知名度は一気に上昇し、事業は再び軌道《きどう》に乗りつつあった。

「頼む！　この『近代へアスタイル大全』五冊組、もうちょいまけてくれ！　オレいっつもオマエんとこで雑誌買《こ》うてるやん？　な？　お得意様価格でどうにか！」

「だめや！　みんな定価で買っとるんやから！」

「お二人とも、もう少し声を落としてください……！」

雛森が小声でたしなめるも、二人はおかまいなしに大声で話し続ける。

「んな殺生《せっしょう》な〜〜〜！　ウチの図書館まだ復旧してへんから、今は隊費で本買われへんのに〜〜〜！」

「ほんなら図書館建つまで待ったらええやろ！　その時はキッチリ五番隊で領収書出したるわ！　もう売り切れとるかもしれんけどね！」

「………隊長」

ひた、と平子の肩に雛森が手を置いた。

「なんや桃ッ!?　……も…桃………？」

口角《こうかく》は上がっているが、目がまったく笑っていない。闇夜《やみよ》を押し固めたような恐ろしい瞳で、じぃっと平子を見つめている。

「個人的な趣味の本は、ちゃあんと自分のお給金で買ってくださいね……？　それから……リサさん」

ゆらぁと首が動き、その瞳がリサを捉《とら》える。リサは目を逸《そ》らさず、ごくり、とつばを飲んだ。

「うちの隊に限らず……不正な領収書は出さないよう、お願いしますね……」

コクコクと高速でうなずくリサを見て、雛森は、ふう、と息を吐き、「わかってもらえればいいんです！」と笑った。

普段通りの、柔らかなほほ笑みだった。

「じゃあ、あたしもう行きますね！　今日は阿散井《あばらい》くんや吉良《きら》くんと約束があるので」

失礼します、と頭を下げ、雛森が出ていく。

扉が閉まった途端、二人は堰《せき》を切ったようにしゃべりだした。

「なっ⁉　ちょっ……ええっ⁉　オレめっちゃ心臓バクバクしたんやけどォ⁉」

「鬼や……鬼がおった……‼」

「あない暗い目するかね……⁉　ほんで、あないシュッと日常に戻れるモンかね⁉」

「あたし、雛森には逆らわんとこ……」

この一件は、〝雛森事変〟として、二人の胸に深く刻《きざ》まれたのだった。

3

西流魂街《にしルコンがい》一地区・潤林安《じゅんりんあん》。

十番隊隊長・日番谷冬獅郎《ひつがやとうしろう》は、休みを利用し祖母の住まいを訪ねていた。

二人で甘納豆《あまなつとう》をつまみながら、ぽつりぽつりと話をする。静かに過ぎていく時間は、あわただしい毎日を送る日番谷にとって、何よりの癒《い》やしだった。

差しこむ日がかげり始め、瀞霊廷《せいれいてい》から終業の鐘《かね》が聞こえてくる。日番谷は畳《たたみ》に横たえていた身を起こし、大きく伸びをした。

「もう行くよ、ばあちゃん。また来る」

三和土《たたき》で草履《ぞうり》の紐《ひも》を結び、立ち上がる。

「いつでも帰っておいで。ばあちゃん、また甘納豆を買っておくからねぇ」

「いいって。俺が買ってから来るから」

「そうかい？　ありがとうよ、冬獅郎」

「うん。……じゃあ行って来る」

見送りに出てくれた祖母に軽く手を振り、日番谷は夕陽《ゆうひ》の中を歩き出した。

瀞霊壁に沿《そ》って町外《まちはず》れの道を行く。

白道門《はくとうもん》が見えたところで、日番谷はふと足を止めた。

「ガキンガキンッ！　シュオオオ――――、ドォ――――ン!!」

「ウギャーやられたー!!　こうなったらお前も道連れに……！」

「そいつはお断《ことわ》りだ！　シュババッ!!」

「ぐああっ!!　双魚《そうぎょ》め！　覚えてろ〜〜〜!!」

路地裏から聞こえてくる、少年と青年のごっこ遊びの声。

（この声……どこかで……）

敵役を演じる青年の声に、聞き覚えがあった。

「あははは！　岩鷲《ガンジュ》にいちゃんって、やられ役ほんとうまいよね！　いっつも空鶴《くうかく》様に怒られてるからかなぁ？」

「うっせーほっとけ！　……ほら、これ終わったら帰る約束だろ？」

「はぁーい。じゃまたね、岩鷲にいちゃん！」

「おう！　気ぃつけてなー！」

少年の足音が遠ざかっていく。敵役の青年は、民家の角を折れたところで日番谷に気づき、「うおッ!?」と身をのけぞらせた。

「あ、あんた、十番隊の……！」

「日番谷冬獅郎だ。お前は……志波《しば》岩鷲、だったか？」

「ほぼ初対面なのによく俺のフルネーム出たな⁉」

日番谷と面と向かって話した記憶はない。『瀞霊廷通信』に掲載《けいさい》される写真で、姿自体は見慣《みな》れているが、実物を見たのは数回――それも、一瞬前を横切ったとか豆粒大の影を遠くから見たとか、その程度のものだった。

（俺って死神の中ではまぁまぁ有名なのか……⁉　ハッ⁉　まさかコイツが来たのも俺様に会うためなんじゃ……⁉）

岩鷲は、日番谷に指示を出す、居もしない死神のリーダーを妄想《もうそう》した。

『志波海燕《カイエン》殿の弟君《ぎみ》だと⁉　そんな優秀な人材を何故《なぜ》死神に勧誘《かんゆう》せんのだ⁉　日番谷隊長、今すぐ行ってきたまえ！』

にやにやと顎《あご》をさすりつつ、半開きの口から、「ムリムリ～！　ムリだってぇの！　俺、死神にはならねぇから～！」と声を漏《も》らす。

その声を聞き取れず、「どうかしたか？」と問う日番谷に、岩鷲はあわてて、なんでもないと首を振った。

「お前が志波家の者だってことは覚えていたが、名前は……さっき子供にそう呼ばれてたからな」

「ああ、それでか……」

妄想が急速にしぼんで消えた。岩鷲はわずかに肩を落とし、「なんだ見てたのかよ……双魚ごっこ」と、日番谷の覗《のぞ》き見《み》をたしなめた。

「双魚ごっこ……？」

「アンタ、死神のくせに知らねぇのか？　『双魚のお断り！』は浮竹《うきたけ》さんの名著だろうが！」

岩鷲は心底意外そうに言う。

『双魚のお断り！』は、十三番隊隊長・浮竹十四郎《じゅうしろう》が『瀞霊廷通信』で連載していたアクションアドベンチャー小説である。

「ああ……あの小説か」

「反応薄いな！　すげぇ人気あるんだぜ？」

『双魚のお断り！』は、主人公・双魚が村人を守り悪に立ち向かう、一話完結型の勧善《かんぜん》懲悪《ちょうあく》劇であり、特に子供に人気の作品だった。大戦後、通廷証の手続が簡略化されたことで瀞霊廷と流魂街の往来が活発になり、瀞霊廷で流行していたこの作品は、流魂街の子供たちの間にも急速に広まっていった。

今では、流魂街のどの地区に行っても、回し読みされボロボロになった『双魚のお断り！』の単行本が、日々子供たちを楽しませている。

「……新作、もう読めねぇんだな……」

見えざる帝国《ヴァンデンライヒ》による侵攻が始まる前に出版された、最後の『瀞霊廷通信』。三か月ぶりに掲載された『双魚のお断り！』は、敵の手に落ちた村の巫女《みこ》を、双魚が深手を負《お》いつつも救い出す、という内容だった。

【自分を護《まも》って負った傷は痛い。でも誰かを護って負った傷は痛くないんだ！】

浮竹の真《ま》っ直《す》ぐな心を映《うつ》したような、双魚の言葉――。

日番谷は白髪の死神を思い、小さく唇《くちびる》を噛《か》んだ。

「一話で完結する話だったから、いつ終わってても違和感ないっちゃないんだけどよ……浮竹さんが、自分がいつそうなってもいいように、ってこの形式を選んだんだとしたら……ちょっとな」

そう言って、岩鷲は何度か鼻をすすった。日番谷は岩鷲から視線を外《はず》し、夕空にたたずむ瀞霊廷を見つめていた。

「俺の兄貴……志波海燕が十三番隊の副隊長やってたころ、家に帰ってくるといつも浮竹さんのこと話してた。そん時俺はまだ小さかったから、内容はほとんど思い出せねぇけどよ……誇らしげな兄貴の横顔だけは、よく覚えてんだ」

「……そうか」

三年という月日が流れても、浮竹の心は、書《か》き遺《のこ》した物語に、人々の記憶に、消えることなく生き続けている。

それだけで、日番谷は少し救われた気持ちになった。

「引き止めて悪かったな。帰るところだったんだろ？」

「いいんだ。……話せてよかった」

わずかに笑《え》んだ日番谷を見て、岩鷲も笑った。

「へへっ、そうかよ！　じゃあな、隊長さん！」

去っていくその背中に、日番谷はかすかな懐《なつ》かしさを覚える。

『留守を頼んだぞ、冬獅郎！』

先の十番隊隊長は、豪快に笑う男だった。

黒崎一心《くろさきいっしん》——旧姓志波一心は、黒崎一護《いちご》の父であり、岩鷲の叔父《おじ》である。

（志波岩鷲……か）

背を向け、歩き出す。

いつの日か、死神になった彼と瀞霊廷で再会するかもしれない——日番谷は、漠然《ばくぜん》とそう思うのだった。

4

六番区・料亭『花《はな》くれなゐ』。

六番区の東端には、貴族の邸宅が建ち並ぶ一画がある。

四大貴族が一、朽木《くちき》家の当主が代々隊長を担《にな》う六番隊——その隊舎を有する六番区には、朽木家御用達《ごようたし》の様々な老舗《しにせ》が軒《のき》を連《つら》ねている。そのため、上質な品を求める貴族がこぞって邸宅を構《かま》えており、一般隊士から〝貴族街〟と呼ばれる富裕《ふゆう》区画が形成されていた。

「ねぇ山田《やまだ》……ホントにここで合ってんの……!?」

四番隊副隊長・虎徹清音《こてつきよね》は、身を隠すようにして自分の後ろを歩く同隊第三席・山田花《はな》太郎《たろう》を振り返り、尋《たず》ねた。

「住所は合って…るはずですけど……」

花太郎は、朽木ルキアから送られてきた電子書簡を何度も確認しつつ、ビクビクしながら清音に付き従っている。

竹林に通された玉砂利《たまじゃり》敷きの一本道を進むと、数寄屋門《すきやもん》が見えてきた。格子戸《こうしど》の手前には美しい筆文字で『花くれなゐ』と書かれた行灯《あんどん》が置かれ、周囲に柔らかな光を投げている。

「こ、このお店……ですね……」

「もう約束の時間に遅れちゃってるし、行くしかないか……」

清音は意を決したように、格子戸に手をかける。風が吹き、ざざぁ、と笹葉《ささば》が鳴った。

「副隊長……僕もうお腹《なか》痛くなってきました……！」

「気をしっかり持て山田！　そんなんじゃ中に入った途端内臓がねじ切れるよ⁉」

「うう……怖《こわ》い……」

「あたしたちは副隊長と三席なんだ！　だからこういう高級な店に出入りしてても全っ然おかしくないんだ！　そうだおかしくないはずだ！　大丈夫大丈夫！」

己《おのれ》を鼓舞《こぶ》しつつ引き戸を開け、中へ一歩踏み入る。両脇《りょうわき》に点々と行灯が並べられた石《いし》畳《だたみ》の先に店の玄関があり、その前に撫子色《なでしこいろ》の着物をまとった仲居《なかい》が控えていた。二人の姿を目にし、「ようこそお出《い》でくださいました」とうやうやしく頭を垂《こうべた》れる。

どうも、と軽く頭を下げつつ、二人は急いで石畳を歩いた。

「あのぉ……朽木と約束があるんですが……」

「はい、お待ちしておりました。虎徹様、山田様」

名を呼ばれ、やはりこの店で間違いなかった、と二人は安堵《あんど》の息を吐いた。

「ご案内いたします。どうぞこちらへ……」

立ち姿の美しい老齢の仲居に導《みちび》かれ、細部まで見事に整《ととの》えられた庭園に面した廊下を進む。磨《みが》き上《あ》げられたその床板《ゆかいた》は、飴色《あめいろ》に輝いていた。

巨大な錦鯉《にしきごい》が泳ぐ池の上にかけられた廊下を渡り、二人は離れの部屋に通された。

「こちらでございます。……お連れ様、到着なさいました」

襖《ふすま》ごしに仲居が声をかけると、はい、と中から答えがあった。清音と花太郎に、「皆様おそろいでございますよ」とほほ笑《え》み、仲居が音を立てずに襖を開く。

「虎徹殿《どの》！　花太郎！」

座椅子《ざいす》から立ち上がり、ルキアが二人を出迎えた。かたわらに立った阿散井恋次《あばらいれんじ》が、

「お忙しい中ありがとうございます！」と一礼する。

「えっ何これ、どういうこと⁉　みんな来てるじゃん！」

見知った死神たちが、広い座敷の中央に置かれた豪奢《ごうしゃ》な座卓を囲《かこ》んでいる。

「おつかれ～！」

「お疲れ様です。清音さん、花太郎くん」

松本乱菊《まつもとらんぎく》が手を振り、雛森桃《ひなもりもも》がぺこりと頭を下げる。

「よォ、虎徹！　どうだ、四番隊は？」

「お姉さんと同じ職場で楽しいんじゃない？」

斑目一角《まだらめいっかく》と綾瀬川弓親《あやせがわゆみちか》に、清音は笑って、「まあね！」と答えた。

「山田くん昇進したんだよね。おめでとう」

吉良《きら》イヅルに祝われた花太郎は、はにかんで頭に手をやった。

「あ、ありがとうございます、吉良副隊長……！」

その様子《ようす》を見て、檜佐木修兵《ひさぎしゅうへい》が言う。

「オイ、それずいぶん前のことだぞ⁉　大戦後に出した全席官《せきかん》名簿見てないのかよ？　一

生懸命作ってるのに……！」

「ちゃんと見てますって。昇進以降顔を合わせてなかっただけです」

「そうですね……大戦のあとお会いするのは、今日が初めて……だと思います」

「健康診断の時に会わなかったのか？　綜合救護詰所《そうごうきゅうごつめしょ》まで行かされただろ、全隊士」

恋次に問われ、イヅルは「健康診断は免除されてるんだ」と答えた。

「コイツは技術開発局で定期的に検査されてるからいいんだよ。……涅《くろつち》隊長の研究報告読んでねぇのか？」

檜佐木が言う。

「読みましたけど……なんかスゲェ強くなって生き返ったってことッスよね？」

「ほんっとバカね、あんた」

「読解力ゼロか」

乱菊と檜佐木が間髪《かんはつ》入れずに言った。

「ええー!?　なんだよ違うのかよ!?」

ルキアは、「あとで説明してやるからな……」と、見放された恋次の背中を叩《たた》いた。

「さっ、いつまでも立ってないで、清音たちはこっちに座って！」

そう言って、乱菊は雛森の隣の空《あ》いている二席を指《さ》す。

「でも乱菊さん、こういうところって座る場所とか決まってるんじゃないの？　上座《かみざ》だの下座《しもざ》だの」

「まあまあ堅《かた》いことはいいじゃない！　床《とこ》の間《ま》の前に隊長置いとけばだいたいオッケーでしょ！　ね、朽木？」

「そう……ですね。皆様がそれで宜《よろ》しければ……」

ルキアと恋次の向かい側――最奥の上座に置かれた日番谷《ひつがや》冬獅郎《とうしろう》は、憮然《ぶぜん》としながらも、これでかまわない、とうなずく。清音と花太郎が着席し、全《すべ》ての席が埋まった。

図《はか》らずも、床の間に対して座卓の右側が全員男、左側が女三人＋花太郎となった。「花太郎も女子チームね！」と笑う乱菊を見て、弓親がやれやれと首を振る。

「自分の事〝女子〟だって〜。そんな年じゃないでしょ」

「うっさいわね弓親！　張っ倒すわよ⁉」

「まーまー乱菊さん！　弓親さんも揚《あ》げ足《あし》取んのやめてください！」

清音にたしなめられ、弓親は「はーい」と肩をすくめた。

「おっほん！」

恋次がすっくと立ち上がり、胸を張って言う。

（めちゃくちゃハッキリ「おっほん」って言ったわね……）

（咳《せき》じゃなくただただ「おっほん」って言ったな……）

（こいつ「おっほん」を意味のある単語だと思ってねぇか……？）

乱菊、日番谷、檜佐木がそう思っているとも知らず、恋次は緊張した面持《おもも》ちで一同を見回した。続いて立ったルキアの頰《ほお》も、緊張からかほんのりと上気している。

「ほ、本日は貴重なお時間を割《さ》いて頂き、誠《まこと》に有難う御座います！」

ルキアの声が上ずる。頰はますます赤くなった。

恋次が、すぅ、と息を吸いこむ。

「実はその、俺たち……」

二人の鼓動《こどう》が聞こえてきそうな緊張感に、皆、無意識に息を止めた。

「俺たち、結婚します!!」

恋次が宣言し、二人はそろって深々と礼をした。

一瞬の、沈黙。

二人が顔を上げると、乱菊がにこりと笑《え》んで拍手をした。

「おめでとー！」

「よかったな、阿散井！」

「おめでとうございまーす」

一角と弓親もそれに合わせてぱちぱちと手を叩く。他の者も次々に祝いの言葉を口にし、拍手した。

「えっとその……ありがとうございます、うれしいッス！　うれしいんスけど……みんな驚いてないんスか……？」

「さぷらいず、というものを仕掛けたつもりだったのですが……」

喜びと疑問の入り混じった複雑な表情を浮かべる二人を見て、乱菊が苦笑する。

「そりゃあまぁ、ねえ？」

「大事な話がある、っていうのに送信先にルキアちゃんが入ってない時点で、それ以外考えられないと思うけど？」

弓親の言葉に、雛森も笑顔でうんうんとうなずいている。

「あたしと山田は二人だけ朽木に呼ばれたから、ここ来るまでは『なんの話だろ?』って思ってたけど……みんな居《い》るし、店もこんなランクだしねー」

「そうですね。僕も店構えを見て、そういう話だろうな、と」

清音とイヅルも皆に同意した。

「俺……全然気づかなかった……」

檜佐木がそうつぶやくと、間髪入れず乱菊が、「にっぶ！　ダッサ！　袖《そで》なし！」とこき下ろした。

「ううぅ……袖は関係ないじゃないスかぁ……！」

うめく檜佐木の真向《まむ》かいで、清音が「おい、どうした山田!?」と花太郎の肩を揺すっている。

「はっ！　驚きすぎて意識が飛んでました……！」

目を見開いたまま硬直していた花太郎が、ようやく正気を取り戻す。

「だ、大丈夫なのか花太郎……!?」

心配そうに顔を覗《のぞ》きこんでくるルキアに、はい、と答えて、花太郎は二人に深く頭を下げる。

「お祝いの席なのに気を失ってしまってすみません……」

恋次は、聞いたことのない謝罪《しやざい》だな、と思いつつ、「かまわねぇよ」と笑顔を見せた。

「あの……おめでとうございます、ルキアさん、恋次さん……！　お二人のご結婚……僕、本当に…うれしいです……！　自分でもなぜだかわからないんですが……『ありがとう』って言いたくなるような……そんな気持ちなんです」

花太郎は、一言一言を噛《か》みしめるようにして、精一杯の祝福を伝えた。

「有難う、花太郎……」

「……ありがとな」

しみじみと礼を述べる二人を見て、皆自然と笑顔になった。

「改めて、おめでと！　朽木、恋次！」

乱菊が言う。

「お幸せにね、お二人さん！」

清音が手を叩いたのを切っ掛けに、再び二人へ拍手が贈られた。ルキアは照れくさそうにほほ笑《え》み、恋次はニッと歯を見せて笑う。

——日番谷は、思う。

復興への道のりは未《いま》だ遠く、手付かずの瓦礫《がれき》が広がっている場所も多い。そんな中、新《あら》たな関係を築《きず》いていく二人の姿は、皆の希望になるだろう、と。

「なんですかぁ？　ニヤニヤしちゃって～」

乱菊は小さく笑い、日番谷の肩を指先でツンと突っつく。「なんでもねぇ」と応《こた》えた声にいつものような怒気《どき》はなく、穏《おだ》やかだった。

「……それにしたって、ずいぶん奮発《ふんぱつ》したなぁ、阿散井！」

広い室内を見回し、檜佐木が言う。

「イヤ俺、店のことはルキアに任《まか》せたんスよね……」

「私はあまり店を知らぬので、今朝《けさ》家の者に、個室がある料理屋を予約しておいて欲しい、と……」

「で、こんな高級店になったワケね」

言って、乱菊は肩をすくめた。

「貴族街なんて初めて来たからめちゃくちゃキンチョーしたよ～」

笑う清音に、すみません、と謝《あやま》り、ルキアが言う。

「気取らない大衆的な店を、と伝えたのですが……」

普段ルキアの身の周《まわ》りの雑事をこなしている部屋付きの侍女《じじょ》・ちよは、朽木家の使用人の中で最も年若く、ルキアにとって気安い相手である。そんなちよだからこそ、ルキアも安心して店選びを任せたのだが——。

『本日のお集まりにぴったりのお店をご用意いたしますともっ！』

ちよの自信満々な笑顔を思い出す。

確かに、会の趣旨《しゅし》にはぴったりの店だ。大衆的でない、という点を除《のぞ》けば。

「そりゃあなぁ、四大貴族サマから見りゃこれでも大衆的だろうぜ」

一角が言い、なるほど、と皆がうなずく。

「でも、格的には僕ら十分この店に見合ってると思うけどね。隊長一人に副隊長八人、三席二人だよ？」

弓親は一同の顔を見回して言った。

「あたしたちがこういうお店に来ないのは、格の問題じゃなくて、お金の問題なのよね～」

ため息混《ま》じりに乱菊が応える。

「うう……勘定《かんじょう》が怖《こえ》ェ……！」

頭を抱《かか》えてうなる恋次に、部屋の隅《すみ》に控えていた仲居がすすすと近づいた。

「……阿散井様」

「はい？」

「お代は頂戴《ちょうだい》しております」

「え!?　誰から……!?」

「それは……さる御方《おかた》から、とだけ」

仲居は濁《にご》したが、そこにいた誰もが、

（朽木白哉《びゃくや》だな……）

と、その正体を察した。

「……兄様《にいさま》にご迷惑をお掛けしてしまったな……」

ぽつ、とつぶやいたルキアに、日番谷が言う。

「迷惑だなんて思っちゃいねぇさ。……うれしいんだろうぜ、お前たちの結婚が」

ハッと顔を上げたルキアの瞳《ひとみ》が、涙をたたえて揺らめいた。

「……礼を言いに行かなきゃな」

小声で言う恋次に、ルキアは何度も強くうなずく。

「当主様が出してくれるってんなら、遠慮なく飲み食いできらぁ！」

「恋次が出すとしても遠慮する気なんかなかったくせに……」

「おう！　俺ァ、奢《おご》られる時は遠慮しねえ男だぜ！」

日番谷は一角と弓親のやりとりを聞き、「胸張るようなことじゃねぇだろ……」と呆《あき》れたようにつぶやいた。

「……雛森？　あんたさっきから何キョロキョロしてんの？」

乱菊にそう指摘され、雛森は少し恥ずかしそうに座卓の幕板《まくいた》を指差す。そこには見事な鶴《つる》が彫《ほ》りこまれていた。

「最初、ここの彫刻すごいなぁって思ったんです。それで周《まわ》りを見てみたら、おめでたいものばっかりで……」

床の間には【長履景福《ちょうりけいふく》】の掛軸《かけじく》が下げられ、花器《かき》には白梅が生けられている。金屏風《きんびょうぶ》には見事な松が、襖には満開の桜が描かれていた。

「ちょっとやり過ぎなくらいお目出度《めでた》いですね……」

イヅルは眉間《みけん》を押さえ、少しうんざりした様子でつぶやく。

「このお部屋は普段からお祝いごとに使われてるんですか？」

雛森が問うと、仲居はほほ笑み、ゆったりと頭を下げつつ答えた。

「……さる御方のご指示で、このように設《しつら》えさせていただきました」

ザワッ、と一同に衝撃が走る。

「え、内装変わってんの⁉　予約入れたの今朝なんだよね、朽木⁉」

清音の質問に、ルキアは、「はい」と大きくうなずいた。

「そもそも、今日のことは兄様には何も……」

ちよが報告したのかもしれない、とルキアは思う。戸惑《とまど》うルキアとは対照的に、皆はうっすらと笑っていた。

「朽木隊長……祝うの下手《へた》じゃねぇか？」

一角がそう切り出すと、弓親、乱菊がすぐに続いた。

「過剰《かじょう》だよね。お祝いが渋滞《じゅうたい》してる感じ」

「祝《いわ》い慣《な》れてないの丸出しよねぇ」

「朽木隊長って冷酷無比なイメージだったけど……妹の結婚に舞い上がっちまう一面もあるんだなぁ……」

檜佐木はしみじみとつぶやく。

「フフッ……こんなこと言ったら怒られちゃうかもしれないけど、すごくほほ笑ましいなーって思っちゃいました」

くすくすと笑う雛森に、花太郎も、「そうですね」と同意した。

「……朽木さんが自分の手を離れる前にもっと何かしてあげたい、と思ったんだろうね」

イヅルは縁起物《えんぎもの》で溢《あふ》れた室内を見やって、寡黙《かもく》な男の心中を思う。この部屋は、平常の彼からは想像もつかないほど饒舌《じょうぜつ》だ。

「兄貴孝行だと思って受け入れてやれ」

日番谷が言う。ルキアは、はい、と幸福そうにほほ笑んだ。

二人が白哉に結婚の意思を伝えた時、彼はただ一言、

『そうか……わかった』

とだけ言い、二人を残して部屋を出ていってしまった。

翌日以降、特に態度が変わることもなく平時と同様に接されたため、反対こそしていないもののあまり祝福もされていないのでは……と二人はずっと気がかりだったのだ。

今日のことで、白哉が自分たちの結婚を思いの外《ほか》祝福してくれているとわかり、二人は胸を撫《な》で下《お》ろした。

「恋次、そろそろ皆様にお食事を召し上がって頂こう」

「そうだな！　じゃあヨロシク頼みます！」

仲居は恋次に、承《うけたまわ》りました、と答え、皆のほうへ体を向けた。

「それでは始めさせていただきます。……お飲み物はいかがいたしましょう？」

深く座礼をし、尋《たず》ねる。

「朽木隊長のおごりなら何頼んでもいいわよねぇ⁉　一番高いお酒くださ〜い！」

跳《は》ねるような声で言う乱菊に、一角が「それを瓶《びん》ごと持ってきてくれ！」と付《つ》け足《た》す。

「下品だよ、二人共……あ、お猪口《ちょこ》は人数分くださいね」

檜佐木は、結局自分も飲むんじゃねーか！　と言いたげな顔で弓親を見た。

「隊長の分はお猪口要《い》らないわよ〜。お酒飲むと成長が止まる、って信じてますもんねー？　隊長」

にやつく乱菊を見て、日番谷のこめかみがピクピクと引きつる。

「……せっかくの祝いの席だ。俺も飲む」

「いいんですかぁ〜、背が伸びなくなっちゃいますよぉ〜？　いつまで経《た》っても『大紅蓮《だいぐれん》氷輪丸《ひょうりんまる》イケメンエディション』の時みたいになれませんよぉ〜？」

「うるせぇぞ松本っ‼　それにあの姿はそんな名じゃねぇ‼」

乱菊が言っているのは、霊王護神大戦時《れいおうごしんたいせんじ》に日番谷が見せた、卍解《ばんかい》時の容姿のことである。宙に咲く氷の華《はな》が散《ち》り尽《つ》くし大紅蓮氷輪丸が真価を発揮する際、日番谷はその力に見合う青年の肉体へと一時的に成長するのだ。

「そうだよ乱菊さん。あれは『大紅蓮氷輪丸バージョンⅡ《ツー》～氷の貴公子～』ですよね？」

「俺は『大《だい》大紅蓮氷輪丸』を推《お》すぜ」

「綾瀬川、斑目！　なんでお前らまで勝手に名付けてんだ⁉　……それと檜佐木！　お前さっきから何を書き取ってる⁉」

「イヤ……次の『瀞霊廷通信《せいれいていつうしん》』で名称を公募したら盛り上がるんじゃないかなーと……」

「するわけねぇだろ‼」

喧々囂々《けんけんごうごう》なやりとりを他所《よそ》に、雛森は、「あたしには何か果物《くだもの》のお酒をください」と笑顔で仲居に伝えている。

「ねぇ隊長ぉ～！　あのオトナになったとこ写真に撮《と》らせてくださいよう～！　あたしあの時、治療ポッドで運ばれたから伝令神機《でんれいしんき》持ってなくて、撮れなかったんですよぉ～！」

「断《ことわ》る‼」

イヅルは、「僕はみんなと同じものでいいです」と伝えた。

「そういえば、乱菊さんあの時何してたの？　戦場じゃ見かけなかったけど」

「あたしはねぇ、隊長に言われて、みんなが好き勝手暴れて壊した霊王宮《れいおうきゅう》の破片を、瀞霊廷に落っこちても平気なサイズになるまで灰猫《はいねこ》で砕いてたのよ！　地味ぃ〜にがんばってたんだから！」

「そうだったんですか……！　あたし速攻でやられてずっと瀕死《ひんし》だったからなんにも覚えてないんですよね……。んあぁーっ、情けないっ!!」

自分の髪を掻《か》きむしる清音の隣で、花太郎がヒソヒソと仲居にお茶を頼んでいる。

「【護神大戦・影の功労者特集】……いけるな！」

檜佐木はそうつぶやき、帳面に特集案を書きこみだした。

「……久しぶりだよなァ、こういう賑《にぎ》やかなのは」

小さく笑う恋次に、ルキアも、「そうだな」とうなずく。

大戦以前、終業後に各隊の隊士が集まり酒を酌《く》み交《か》わすのは日常の一部であった。だが今では、どの隊も復興事業で忙しく、同隊の者だけで飲むことはあっても、複数隊の隊士が集《つど》う酒席は極々稀《ごくごくまれ》だった。

そのような状況下でこれだけの隊士が呼びかけに応じてくれたことを、二人は深く感謝するのだった。

——開宴《かいえん》から、一時間と三〇分。

乱菊、弓親、清音は、酔っ払い特有のしつこさで二人の出会いから求婚までを根掘り葉掘り聞き終えると、ようやく満足いった様子で二人を解放した。

「で？　式はいつなんだ？」

高価な酒を水のようにあおりつつ、一角が言う。

「ルキアとも相談したんスけど、式は挙《あ》げずに籍だけ入れるつもりです」

「このような時節ですし、こうして皆様に祝って頂けるだけで……」

「ダメよ!!」

乱菊は、バンッと座卓を叩いて立ち上がった。目を丸くする二人に、人差し指を突きつける。

「絶対に式は挙げなさいっ!!」

気圧《けお》され言葉を失うルキアに、乱菊は祈るような瞳で語りかけた。

「こんな時だからこそ挙げてほしいの……！　そりゃあ毎日、あの隊舎が直りました、あの施設《しせつ》が再開しました、っていう報告は入ってくるわよ？　それだって明るいニュースだと思う。……でもね、それってみんな、ただ〝元通りになった〟ってだけなのよ……！」

復興が進んだと聞けば、うれしく思う。その感情に嘘《うそ》はない。

嘘はないけれど――

「今朝恋次からメールもらった時、これは結婚の報告かな？　って思って、あたし本当に久しぶりに胸が沸《わ》き立《た》つような気持ちになったの！　ウキウキしたのよ！　……あたしをこんなに最高の気分にしてくれた二人が式を挙げないなんて……そんなの……絶対許さないんだから！」

言って、乱菊は柔らかくほほ笑む。目の周りにほんのりと朱《しゅ》が差しているのは、酔いのせいばかりではなかった。雛森は、酒が入って涙腺《るいせん》がゆるんだのか、「あたしも二人に結婚式挙げてほしいですぅ……っ！」と号泣している。

「お～ヨシヨシ……コラァ、阿散井朽木ィ！　雛森がこんなに泣いてんだぞッ！　責任取って式挙げろ!!」

雛森の頭を抱き寄せ、清音が吠《ほ》えた。

「俺も同感だ！　それになァ、恋次……式をやらねぇとなりゃあ、朽木隊長が黙っちゃいねぇだろうぜ～？」

一角は、最高の肴《さかな》だと言わんばかりに、ぐいぐいと杯《さかずき》を空《あ》けている。

「何しろ祝いたいわけだからね、朽木隊長は。祝いの場を一つ潰《つぶ》されたら、そりゃあ怒るだろうねぇ」

言って、弓親はにやついた顔で恋次を見た。恋次の顔から、わかりやすく血《ち》の気《け》が引いている。

「【真の復興は此処《ここ》から始まる――阿散井・朽木両副隊長御成婚特集】……ウェディングフォト満載の巻頭五〇頁……いける!!」

「なんでも仕事に繋《つな》げるの良くないですよ、檜佐木さん」

苦言を呈《てい》するイヅルを気にも留《と》めず、檜佐木は来月以降の台割を見直し始めた。

「副官同士の婚姻《こんいん》なんて滅多にねぇんだ。盛大に祝ったところで誰も文句は言わねぇさ」

日番谷はそう言って、静かに杯を傾ける。

「……有難う御座います。本当に……私達の何と恵まれていることか……！」

ルキアは膝《ひざ》に置いた手をぐっと握りしめ、恋次を見た。

「式を挙げよう、恋次！　こうなれば骨の髄《ずい》まで祝われようではないか！」

やけくそともとれるような発言だったが、ルキアの目は楽しげにきらめいている。恋次は手のひらを拳《こぶし》で叩き、「そうだな！　いっちょやるか！」と笑顔で返した。

「全員、列席してもらうんで！　責任取って来てくださいよ？」

恋次の呼びかけに、皆快《こころよ》くうなずいた。

「そうと決まれば、急いで着物用意しなくちゃね～！　採寸の予約入れちゃおーっと！」

乱菊はいそいそと伝令神機を取り出し、馴染《なじ》みの呉服屋《ごふくや》に送る電子書簡を打ち始める。

「松本……お前ついこの間、『着物が多すぎて仕舞い切れないから』って俺の部屋から箪《たん》笥《す》を一棹《ひとさお》持って行ったよな……？」

日番谷は服装に頓着《とんちゃく》しないたちで、持っている衣服も少ない。そのため元々隊首《たいしゅ》室に据《す》えられていた二棹の箪笥を、一棹使わずに余らせていた。使っていない物を持っていかれることは一向にかまわないのだが、副官室にはすでに二十数棹の箪笥がひしめき合っていることを思うと、あれだけの着物を持ちながら更《さら》に新しい物を求める乱菊の心情が、日番谷には不思議でならないのだった。

「えーっと、でもホラ、復興のためにはバンバン消費しないと！」

乱菊が大戦以前も同様の頻度《ひんど》で着物を仕立てていたことを知らない雛森は、「ほんとにそうですよね……こういう時にこそお金を使わないと、ですよね！」と、その行動に深く感銘《かんめい》を受けている。

「あたしも新しい着物、仕立てに行こう……！」

「あら！　じゃあ雛森もいっしょに行く？」

「えっ、いいんですか!?　是非《ぜひ》ご一緒したいです！」

清音が、「あたしもあたしも！」と手を挙げた。そのやりとりにルキアも目を輝かせる。

「松本副隊長、私も……！」

「朽木はダーメ！　あんたの着物は朽木隊長が用意するに決まってるでしょ～？　きっと最上級の物を誂《あつら》えてくださるから、大人《おとな》しくしてなさい！」

乱菊にそう言われ、ルキアは面映《おもはゆ》い気持ちでこくりとうなずいた。

「あのぅ……僕、こういうの経験なくて……男は何を着て行ったらいいんでしょう……？」

花太郎がおずおずと手を挙げ、質問する。

「まぁ、男は死覇装《しはくしょう》でいいだろ！　これだってれっきとした正装なんだから。買う金もねえし」

だから心配しなくていい、と笑う檜佐木を見て、花太郎は、「よかったぁ……」と大きく息を吐いた。

「お金が無いのは檜佐木さんが無駄遣《むだづか》いばかりしてるからでしょ……山田くん、呉服屋へ行って、予算とどんな時に着る物が欲しいかを伝えれば、あちらが丁度《ちょうど》いい物を見繕《みつくろ》ってくれるから。一度行ってみるといい」

「あ…ありがとうございます……吉良副隊長！」

花太郎は、「もういいから！」と止められるまで、何度も何度もイヅルに頭を下げた。

「僕、洋装にしようかなぁ〜！　一護《いちご》や織姫《おりひめ》ちゃんも呼ぶんだろう？」

「そッスね……！　もちろんアイツらにも声かけます！」

恋次は弓親にそう答え、「いいよな？」とルキアに問う。ルキアは、無論だ、と大きくうなずいた。

「……しばらくは今以上に忙しくなるな……」

つぶやいたその横顔は、晴れやかな喜びに輝いていた。

入籍

1

六番区・朽木《くちき》家邸宅。

結婚報告の集《つど》いから一週間が経《た》った、ある朝のこと。

「兄様《にいさま》！」

出隊準備を終え自室を出た朽木白哉《びゃくや》を、ルキアが呼び止めた。すっと膝《ひざ》を折り、白木《しらき》の廊下に両手をつく。

「本日これより、入籍の手続に行って参ります」

一礼し顔を上げると、白哉はルキアを見つめ、わずかに目を細めた。

「そうか……金印会《きんいんかい》へ行く日取りはもう決まっているのか？」

金印会、という聞《き》き慣《な》れない単語に、ルキアは首を傾《かし》げる。

「金印会へ……行く……？　人別録《にんべつろく》管理局へ届出を提出するだけではないのですか……？」

きょとんとしている義妹《いもうと》を見て、白哉はほんの一瞬、困惑《こんわく》に目を見開いた。

「……ちよ」

低く名を呼ぶ。

「はい、ここに!」

すぐにルキアの右後ろから返答があった。驚いて振り返ると、いつの間にそこにいたのか、侍女《じじょ》のちよが正座し深く頭《こうべ》を垂《た》れていた。

「ルキアに詳説《しょうせつ》を」

白哉は、何を、とは言わず、ただ一言そう命じる。ちよも訊《き》き返すことなく、「御意《ぎょい》にございます」と応《こた》えた。

「……もう行く」

白哉は身を翻《ひるがえ》し、玄関棟《とう》へと去っていく。

「行ってらっしゃいませ、白哉様」

「行ってらっしゃいませ、兄様!」

ちよは低頭したまま言い、ルキアは立ち上がってその背中を見送った。

「それで……ちよ。兄様が仰《おっしゃ》っていた金印会とは一体何なのだ?」

ルキアはちよを伴《ともな》って自室へ戻り、ちょうど自分を迎えに来た阿散井《あばらい》恋次《れんじ》と共に、ちよと向かい合って座った。

「金印会というのは〝金印貴族会議〟の略称でございます。四大貴族が絡《から》むご婚姻《こんいん》の場合、金印貴族会議へ書面を提出することが義務付けられているのですが、その書面は、ご当主様自《みずか》ら提出することになっているのです」

「成程《なるほど》……！　それで兄様は私に金印会へ行く日取りをお聞きになったのだな」

その通りでございます、とちよがうなずく。

「その金印貴族会議ってのはどこにあるんだ？」

恋次が尋《たず》ねると、ちよは、「焦《あせ》りは禁物ですよ、恋次様！」と笑い、腰帯に挟《はさ》んであった四つ折りの紙を二人の前に広げてみせた。

「それでは僭越《せんえつ》ながらこのちよが、ご入籍のお手続についてご説明申し上げますね！」

【ルキア様、恋次様　御入籍までの流れ】と題されたその紙には、美しい筆文字でびっしりと詳細《しょうさい》が書きこまれている。ちよはそれを一つ一つ指差しながら、入籍に至るまでの数々の手続について、丁寧《ていねい》に説明をした。

「こ……こんなに複雑なのかよ……⁉」

「婚姻させまいとする何者かの悪意すら感じる……！」

全《すべ》て聞き終えた二人がそろって頭を抱《かか》えた入籍手続とは、要約すると次のようなものである。

一、瀞霊廷《せいれいてい》内に居住する者の婚姻のため、人別録管理局（七番区）へ婚姻届を提出
二、護廷《ごてい》十三隊隊士の婚姻のため、護廷隊士録管理局（四番区）へ隊士婚姻届を提出
三、席官以上の婚姻のため、高次霊位管理局（六番区）へ高霊婚姻届を提出
四、貴族の婚姻のため、貴族会議（中央一番区）へ貴族婚姻届を提出
五、四大貴族の婚姻のため、金印貴族会議（中央一番区）へ婚姻認許状を、夫婦立ち会いの下《もと》、当主が提出
六、隊首《たいしゅ》会にて全隊の隊長・副隊長へ報告

「ちなみに、金印貴族会議の窓口が開いているのは巳《み》の刻《とき》……午前九時から十一時の間だけですのでお気をつけくださいね！　白哉様が金印会へ行くお日取りを気にしていらっしゃったのは、そのためなのでございます」

「そうか、半休を取らねぇと行けねぇのか……！」

はい、とうなずき、ちよは懐中時計を見た。

「これからお手続へお向かいになるなら……お二人は瞬歩《しゅんぽ》をお使いになれますから、隊士婚姻届のご提出までは間に合うと、ちよは思います！」

「瞬歩使っても二か所しか回れねぇのかよ⁉　今まだ……」

「九時七分でございます」

「だろォ⁉　金印会がムリなのはわかるが、貴族会議に書面提出するところまでは行けるだろ！」

「恋次様……お役所には待ち時間が付きものなのでございます。それぞれの管理局は婚姻届の受付だけをしているわけではありませんから……」

瀞霊廷への人の出入りを扱《あつか》う人別録管理局は特に忙しく、あらゆる手続に丸一日かかると言われるほど、待ち時間が長いことで有名だった。

「……ちよもお二人が晴れてご夫婦となる日を一日千秋《いちじつせんしゅう》の思いで待ちわびておりますが、これぱっかりはお力になれず……忸怩《じくじ》たる思いにならざるを得ません」

ちよは、自分のせいだと言わんばかりにしゅんとし、肩を落とす。

「恋次、ちよに言っても詮無《せんな》い事だろう？　……ちよ、この説明書きは持って行っても構《かま》わぬか？」

「勿論《もちろん》ですとも！」

ちよはうれしそうに紙を折りたたみ、うやうやしくルキアに差し出した。それを懐《ふところ》にしまうと、ルキアは恋次の肩を叩《たた》き、「行こう」と立ち上がった。

「ヨォーシやるぜ！　長い道程の始まりだーッ!!」

「貴様……面倒すぎて若干自棄《じゃっかんやけ》になっておらぬか……？」

「そんなワケねーだろ、このめでてぇ日に！　俺たちの入籍はここからだ——!!」

吠《ほ》えた恋次の脇《わき》でちよが、【阿散井先生の次回作にご期待下さい！】と書いた紙をバババッと広げる。

「ち、ちよ!?　何処《どこ》から取り出したのだ、その紙は!?」

「こんなこともあろうかと、いつも懐に忍《しの》ばせておりました！」

「そんな無駄《むだ》な物を忍ばせるんじゃない！」

「ちなみに、りばーしぶるでございます！」

裏面には【朽木先生の次回作にご期待下さい！】と書いてあった。

「準備がいいな、おちよ！　ルキアも言ってみろ！　『俺たちの入籍はまだまだ終わらない……！』とかよ！」

「言わぬわ、たわけ!!　ほら来いっ！　さっさと行くぞ！」

ルキアは恋次の腕をつかみ、ズルズルと外へ引っ張っていく。

「お気をつけて行ってらっしゃいませ！　ルキア様、恋次様！」

ちよは、どこからか取り出した鶴《つる》と亀が描かれた手旗を持ち、両手でパタパタと振りながらいつまでも二人を見送っていた。

2

七番隊隊舎。

七番隊隊長・射場鉄左衛門《いばてつざえもん》は、隊舎裏で飼っている犬の五郎《ごろう》を散歩させつつ、敷地内を巡《めぐ》って前日の業務報告書を回収していた。

終業後、各隊士が執務《しつむ》室前の回収箱にその日の業務報告書を提出する、というのが一般的な回収方法なのだが、前隊長・狛村左陣《こまむらさじん》が行っていた〝朝の回収散歩〟を、射場は絶《た》やすことなく継承したのだった。

回収を終えると、射場は五郎を小屋へ戻し、小屋脇《わき》に置かれた長椅子《ながいす》に腰掛けた。長椅子はちょうど山桃《やまもも》の木陰《こかげ》になっており、涼やかな風が吹き抜けていく。射場は書類入れから報告書の束《たば》を取り出すと、サングラスを額《ひたい》にずらして内容に目を通し、気になる部分に赤を入れていった。

その紙束が半量ほどになった時、射場の足元に寝そべり白い被毛《ひもう》を風にそよがせていた五郎が、ピッと耳を立て体を起こした。

「どうかしたんか、五郎？」

五郎は何かを訴えるように一度吠《ほ》え、隊舎脇の路地を見つめて激しく尻尾《しっぽ》を振っている。

やがてその路地から、真央霊術院生《しんおうれいじゅついんせい》であることを示す院生袴《ばかま》をまとった人狼族《じんろう》の少年が二人、転がるように駆け出してきた。

「うるい！　ショウマ！」

「テツさ――――ん‼」

長椅子から立ち上がった射場の右足に、薄墨色《うすずみいろ》の毛をなびかせ、兄のうるいが飛びつく。

「テツさんテツさんっ‼」

被毛が象牙色《ぞうげいろ》の弟・ショウマも、ひしっと左足に抱きついた。その射場の周《まわ》りを五郎がうれしそうにぐるぐると駆け回っている。

「こがぁに朝早《はよ》うからどうしたんじゃ？」

射場は二人の頭をわっしわっしと撫《な》でてから、後《うし》ろ襟《えり》をつかんでひっぺがし、地面に下ろした。二人はじゃれついてきた五郎をモシャモシャと撫でまわしながら言う。

「明日《あした》から見習が始まるから、今日は一日、仮所属する隊の隊舎へ行く道を覚えたり、周りに何があるのか調べたりしてきなさい、って先生が！」

そう言ったショウマに、うるいが、「ものすごくいそがしくなる前の最後のおやすみってこと！」と付《つ》け足《た》した。

「それでね、テツさん！　ぼくたち……」

言いかけたうるいの袖《そで》を、「兄ちゃんズル

うるいとショウマ

いぞ！　おれも言う！」とショウマが引っ張る。

「じゃあ、せーの、で言お！　せーのっ！」

「おれたち七番隊に振り分けられたんだ‼」

「ぼくたち七番隊に振り分けられたよ‼」

腰ほどの高さから、二組のつぶらな瞳《ひとみ》が射場を見上げてくる。

「ほうか二人共か！　そりゃあたまげた！」

「ね！　すっごいよね！　十三分の一と十三分の一だから……えっと……」

「百六十九分の一！」

「そう！　その確率なんだよ！　兄ちゃん計算速いね……！」

そうだろう！　と、うるいは腰に手を当て胸をそらした。袴から突き出た太い尻尾が、ふさふさと左右に揺れている。

本来は無作為《むさくい》に選ばれる見習先だが、学院長が二人の気持ちを汲《く》んで同じ七番隊へ割り振ってくれたのだろう、と射場は思った。

「あ、それでね！　テツさんにまた尻尾穴を作ってほしくて、今日先生に渡された死覇《しはく》装《しょう》の袴、持ってきたんだ！」

うるいはたすき掛けにしていた鞄《かばん》から黒い袴を引っ張り出し、小型の裁縫箱《さいほうばこ》を添《そ》えて射場に手渡した。「おれのもー」とショウマも鞄から袴を取り出す。

「まったく……儂《わし》ぁお前らの母ちゃんじゃないゆうのに……」

文句を言いつつも、射場は裁縫箱を開き作業に取りかかった。その男らしい見た目とは裏腹に、射場は手先が器用で、日曜大工から家事、裁縫まで、なんでも人並み以上にこなすことができる。今この人狼兄弟がはいている院生袴に尻尾を通す穴を作ってやったのも射場だった。

うるいとショウマは射場を挟《はさ》むように両脇に座り、興味深げにその手元を見つめた。

「ねぇテツさん。ぼくたち昨日《きのう》の夜、左陣さまに会ってきたよ。あさってから見習が始まります、って報告に行ったんだ」

ちくちくと縫《ぬ》い進む針先を見つめながら、うるいが言う。

「まぁた寮《りょう》を抜け出したんか！　……それで、左陣殿《どの》はお元気じゃったか？」

「うん！　おれたちが行ったら、こぉーんなに太ったキジを狩ってきてくださったんだよ！」

シヨウマは両手を大きく広げて、にんまりと笑った。

「ほうか。えかったのう」

「まだあったかくてうまかったなー」

ぺろりと舌なめずりをするショウマを見て、うるいが、「行儀悪いぞ！」とたしなめる。

「左陣さまが、上に立つ者は誰よりも体を大切にしなきゃいけないぞってテツさんに伝えてくれって」

うるいに言われ、射場の手がぴたりと止まった。

「テツさんが夜遅くまで鍛錬場《たんれんじょう》にいるの、左陣さまにバレてるよぉ～」

ショウマがニヒヒと笑う。

「……なんでもお見通しか。……かなわんのう、左陣殿には……」

射場はため息混じりにそうつぶやいて、小さく笑った。

元柳斎《げんりゅうさい》の仇《かたき》を打つべく、人狼一族に伝わる秘技『人化《じんか》の術』を用《もち》いて戦った狛村左陣は、その代償として、物言わぬ獣《けもの》へと変貌《へんぼう》を遂《と》げた。

狼《おおかみ》となった狛村と共に大戦を生き抜いた射場は、鍛錬場の裏山に狛村を隠し、皆には「隊長は戦死なさった」と報告した。隊長副隊長たちは、瀞霊廷《せいれいてい》内に存在する――変質し、以前とは比《くら》べものにならないほど小さくなってはいたものの——狛村の霊圧《れいあつ》を感じていたが、射場の決断を尊重し、皆戦死したものとして扱《あつか》った。七番隊の鍛錬場の裏山に大きな狼が住み着いていることが話題になった時も、皆内心では、（狛村左陣だな……）と思いつつ、無関心を貫《つらぬ》いたのだった。

狛村が裏山で暮らし始めて半年が過ぎた、ある夜のこと。

射場は狛村に呼ばれたように思い、布団《ふとん》から跳《は》ね起《お》きた。綿入《わたい》れを引っつかみ、羽織《はお》りながら表へ駆け出すと、チラチラと白いものが舞っていた。

「道理で冷えるわけじゃ……」

小米雪《こごめゆき》が降る中、射場が鍛錬場へ足を踏み入れると、裏山の麓《ふもと》の草原に狛村が座っていた。射場の姿を捉《とら》えると小さく吠えて立ち上がり、導《みちび》くように山へ分け入っていく。落ち葉が堆積《たいせき》した柔らかい地面を踏みしめついていくと、急な斜面に掘られた直径一メートルほどの穴の前に案内された。

「こん中になんぞあるんですかい……？」

射場は身をかがめ、真っ暗な穴の中に目を凝《こ》らす。

「……誰なの？　左陣さま……？」

空耳かと思うほど小さな声が、奥から聞こえてきた。狛村が中へ向かって一声鳴くと、もぞもぞと身じろぐ音がして、二人の人狼の少年が這《は》い出《で》てきた。ボロ布のような着物をまとい、毛並みも薄汚れているが、瞳《ひとみ》だけは息を呑《の》むほど鮮《あざ》やかな橙色《だいだいいろ》をしている。

「こいつぁ……！　人狼の子供ですか……!?」

驚く射場を見て、人狼二人は、「わあああ！」と目をまんまるにして声を上げた。

「射場鉄左衛門さんだー!!」

「すごいすごい！　本物の鉄左衛門さん!!」

先程《さきほど》の不安げな声が嘘《うそ》のように、二人は大はしゃぎで射場の周りをぐるぐる駆け回った。

「左陣さまが呼んでくださったんですね！　ありがとうございます！」

薄墨色の毛並みをした少年が、狛村の首にぎゅうっと抱きつく。狛村はそれに応《こた》えるようにフスッと鼻を鳴らし、目を細めた。

「テツさん！　おれたち死神になりたくてここに来たんだ！」

射場の綿入れをつかんでぴょんぴょん跳ねている象牙色の毛並みをした少年を、もう一方が、「こら！　人と人が出会ったら、まずは自己紹介だろ！」と引っぺがす。

二人は射場の正面に並んで正座し、両手を着いた。

「お初にお目にかかります！　ぼくは人狼一族のうるいともうします！　こいつの兄です」

「おれはショウマともうします！　弟です！」

よろしくお願いします、と声をそろえて礼をする。

「こいつぁご丁寧《ていねい》に。儂ぁ、射場鉄左衛門と申します。七番隊の隊長をしとります」

ビシッと立礼した射場に、「知ってるよー！」とショウマが笑った。

「ぼくたち、これを読んで死神になろうって決めたんです！」

うるいは懐《ふところ》に入れていたぼろぼろの冊子《さつし》を大事そうに取り出し、その表紙を射場に見せる。

それは、何年も前に発行された、七番隊が特集された号の『瀞霊廷通信』だった。

射場は二人を抱《かか》えて隊舎へ戻り、まず風呂に入れた。その間に炊事場《すいじば》でにぎり飯《めし》と汁物をささっとこしらえ、風呂から上がった二人に新しい着物を着せると、火鉢《ひばち》の前に座らせ食事を摂《と》らせた。狛村は中へ入るのを嫌《いや》がったが、兄弟に有無《うむ》を言わさず引っ張りこまれ、やれやれといった様子《ようす》で部屋の隅《すみ》に体を横たえている。

「ほいでお前ら、どがいにしてここまで来たんじゃ？」

すっかりきれいになった二人に、熱燗《あつかん》で暖を取りつつ射場が尋《たず》ねた。

「おじさんの荷物に入れてもらったんだ！」

「ショウマ、急にそこだけ話してもわからないだろ！　テツさん、少し長くなるけどいい？」

射場がうなずくのを見て、うるいは汁椀《しるわん》を置き、話し始めた。

「ぼくたち人狼一族は普段穴の中で暮らしてるから、外の世界の状況ってほとんどわからないんだ。大人《おとな》に聞いても知らないって言うから、自分で見に行こうって思って、ショウマといっしょに夜中にこっそり穴を抜け出して……」

「近くの村に行ったんだ！　星がすんごい出てた！」

「人狼族はいろんな宝石が採《と》れる大鉱脈の上に住んでいて、男はそれを掘るのが仕事なんだ。一月《ひとつき》に一度、大人が宝石を近くの村へ持っていって着物や生活用品と交換してるのは知ってたから、匂《にお》いをたどってそこに行ってみた。夜だったから通りには誰もいなかったけど、天井がないのがうれしくて、しばらく二人であちこち見て回ってたんだ」

「そしたら、人間のおじさんに会ったんだよね！」

村外《むらはず》れで月見酒と洒落《しゃれ》こんでいた筋骨隆々《きんこつりゅうりゅう》の大男は、小さな人狼二人を見て愉快そうに破顔《はがん》した。

「その人は、いつも人狼族と宝石の取引をしてる荷運びのおじさんだったんだ。子供の人狼は珍しいっておもしろがって、『護廷《ごてい》隊にはこういう偉い人狼様もいるんだぞ』って……」

「この本、くれたんだ!!」

ショウマは食べる間脇に置いていた『瀞霊廷通信』を手に取り抱きしめる。

「大人が物々交換に行った日の夜は村におじさんがいるってわかったから、ぼくたちは何度も会いに行って、外の世界……瀞霊廷の話を聞いたんだ。とても強い旅禍《りょか》が来たこと、現世の街《まち》を護《まも》る戦いがあったこと、大きな戦いですごくたくさん死神が死んでしまったこと……」

「七番隊の死神もたくさん死んだって。左陣さまも……死んだって言われた。だけどおれたち信じられなかったんだ！　あんなに大きくて強くてかっこいい左陣さまが死んじゃうはずない、って……！」

「それで、確かめに行くことにしたんだ。もしほんとに死んじゃってたら、その時は……ぼくたちが左陣さまの代わりに死神になろう、って！」

射場を真《ま》っ直《す》ぐに見上げてくる二人の目に、火鉢の熾火《おきび》が映《うつ》りこんでいる。元の橙に赤が混ざり、瞳の奥が燃えているように見えた。

「母様に言ったら、滅多なことを言うもんじゃない！　ってものすごく怒られて、夜は寝《しん》所《じょ》の戸に外から鍵《かぎ》をかけられるようになっちゃって……昼間は大人の目があって抜け出せないし、どうしようって困ってたら、父様が物々交換の当番の日にぼくたちを村へ連れていってくれたんだ」

父親は出発前、『ずっと穴にこもっているから死神になるなどと言い出す。少し外を見せてやれば落ち着くだろう』と反対する母親を説得し、二人を連れ出した。

「父様は村外れで荷運びのおじさんと取引をして、最後に言ったんだ。『こいつらを瀞霊廷まで運んでやってくれないか』って」

「その時父様が布にくるんだ赤い石を渡してたの、おれ見たよ！」

「紅玉《こうぎょく》だと思う。ぼくたちの運搬《うんぱん》料だろうね。……父様は、『左陣様が切《き》り拓《ひら》いてくださった道を、しっかりと踏み固めてこい！』って笑って送り出してくれた」

大きく手を振る父親の姿を見て、うるいはふと、本当は父も死神になりたかったのではないか、と思った。自分たちが生まれたことで、それをあきらめたのではないか——と。

「ええ親父《おやじ》さんじゃのう……」

二人共父親を思い出したのか、淋《さび》しげに耳を伏《ふ》せた。静かな部屋に、パチパチと炭の爆《は》ぜる音が響《ひび》く。

「おじさんが顔を隠すための布をくれたから、それを巻いて何日も流魂街《ルコンがい》を歩いて……でっかい門の手前で、荷車に積まれた木箱に隠れたんだ」

「バレずにスーッと入れたけど、人目があるところじゃ降ろせないからって言われて、おじさんの納品先まで行ったんだよ！〝大前田宝石《おおまえだ》〟っていうすっごく大きい工場！」

「大前田んとこの会社、人狼族から宝石を買《こ》うとるんか……！」

大前田宝石は、大前田一族が経営している尸魂界《ソウル・ソサエティ》一の宝石商である。二番隊副隊長・大前田希千代《まれちよ》が貴金属部門の社長を務《つと》めていることもあり、護廷隊士にとって——商品を購入《こうにゅう》できるかはさておき——それなりに身近な企業だと射場は思っていたが、そこに人狼一族との関《かか》わりがあるというのは聞いたことがなかった。

「ぼくたちまずテツさんに会おうと思って、おじさんに七番隊の場所を聞いてさ。人に見つからないように、夜の間だけ山や森を通って移動して……三日目の夜、森の中で仲間の匂いを見つけたんだ……！」

「左陣さまが生きてるんだって思った！　で、おれたち匂いをたどってあの穴に着いて、ついに左陣さまを見つけたんだ‼」

その時の興奮がぶり返したのか、ショウマは立ち上がってその場でぴょんぴょん飛び跳ねた。

「左陣さまにここに来るまでのことを全部話したら、『きっと鉄左衛門が力になってくれるだろう』っておっしゃって……」

「ちぃと待て！　お前ら、隊長の言葉がわかるんか……⁉」

「え？　テツさんわかんないの？」

「ショウマ、狼ことばは人にはわからないんだよ。それが普通なんだ」

うるいに言われて、ショウマは悲しそうに尻尾を下げ、狛村のほうへ歩いていく。かたわらに座り、「左陣さま、テツさんに言うことある？　おれが言ってあげる」と、口元に耳を近づけた。狛村は、少し考えてから何度か低く鳴き、それを聞き取ったショウマが笑顔で火鉢の前へ戻ってくる。

「隊長はなんと……？」

「まず、その『隊長』って呼び方をやめてほしいって！　もうテツさんが隊長なんだから、そう呼ばれるのはくすぐったいんだって」

「そ、そうか……！　すんませんでした、隊……左陣殿！」

狛村に向かって頭を下げた射場に、「今のはぎりぎりセーフだね！」とうるいが言う。

「で、もうひとつはね～『鉄左衛門は子育てに向いておるな』だって！」

「な……っ⁉」

「あははは！　ぼくもそう思います左陣さま！」

「おれも思うー！」

ころころと笑う二人を見て、射場はきまりが悪そうに酒をあおった。

「一体今何時だと思って………い、射場隊長⁉」

隊士が夜更《よふ》かしでもしているのだろう、と注意しに来た副隊長の伊江村八十千和《いえむらやそちか》は、火鉢に照らし出された顔ぶれを見て言葉を失った。

（あの人狼の子らは誰なんだ⁉　そしてあの隅っこにいる大きな狼は、もしや狛村左陣様なのでは……⁉　ということは、あの子らは左陣様のお身内なのか……⁉）

口をパクパクさせている伊江村を、「あー！　おれこの人知ってる！」とショウマが指差す。

「四番隊の三席の人だ！」

「たしか……伊江村さんだよ！　ねえテツさん、なんでこんな遅くに四番隊の人がここにいるの？」

「お前らが読んどった『瀞霊廷通信』じゃあこいつは四番隊に居《お》ったかもしれんが、今はウチの副隊長なんじゃ」

それを聞いた二人は、「副隊長!?」と顔を見合わせ、伊江村に駆け寄った。

「お初にお目にかかります！　ぼくは人狼一族のうるいともうします！」

「おれはショウマともうします！」

二人は声をそろえて、「よろしくお願いします、伊江村副隊長！」とお辞儀《じぎ》をした。

「ご、ご丁寧にどうも……七番隊副隊長の伊江村八十千和です……」

「フヌケた挨拶《あいさつ》すな！　その子らぁは、儂がこれから身元を引き受ける人狼の兄弟じゃ」

「テツさん、引受人になってくれるの!?」

「やったぁ――――!!」

二人はトンッと床を蹴《け》って火鉢を跳《と》び越《こ》え、射場に抱きつく。サングラスの奥で目を細めながら、射場はふわふわとした二つの頭にそっと手を乗せた。

「伊江村、明日はいろいろと手続をしたらにゃあいけんけえ出隊が遅れる思うが、頼むぞ」

「あ……ええ勿論《もちろん》、それはかまいませんが……」

「なんじゃあゴニョゴニョと気色悪い！　はっきり言わんかい！」

「いえ、その……射場隊長もそんな顔をなさるのだな……と」

射場の下について半年――笑顔を見たのはこれが初めてのことだった。元来あまり笑わない男だったが、大戦後隊長に就任《しゅうにん》してからは、常《つね》に張り詰めた厳しい顔をしていた。

「なっ、なにぬかすこの……ッ！」

笑顔を見られた気恥ずかしさから伊江村にお猪口《ちょこ》を投げようとした射場を、「ウォフ」と狛村が止める。狛村は続けて何度か鳴き、その内容をうるいが翻訳《ほんやく》した。

「『儂から見てもお前は気負《きお》いすぎだ。もっと肩の力を抜け』って」

射場は振り上げていた腕を下ろし、「すまん」と伊江村にわびる。

「謝《あやま》らないでください……調子が狂います。この際ですからお叱りを承知で言わせていただきますが……」

伊江村は火鉢のそばまで来て射場の正面に正座し、くいっと眼鏡《めがね》を押し上げた。

「射場隊長は、確かに少しがんばりすぎるきらいがあります。毎夜遅くまで修練され、深夜にもかかわらず傷を治せと私をお起こしになる。四番隊だった私を副隊長に据《す》えられたのはそのためだったのでしょう。私が少しお休みになってくださいと申し上げても聞く耳を持たず、休日返上でまた修練修練……そんな隊長を見て隊士たちも遅くまで鍛錬に明け暮れ、やれ骨折したやれ腕を切ったと私のところへ押しかけてくる。私には副隊長業務もあるというのに、です。『いつか隊長のように強く』『いつか隊長を支えられる存在に』と皆が前を向いていて、本当に……あなたは素晴らしい隊長ですよ。……副隊長を大切になさらないただ一点を除《のぞ》いて、ですが」

ほとんど息継《いきつ》ぎをせずに言い、伊江村が恐る恐る顔を上げると、射場は黙ってお猪口を差し出した。

「……ありがとうございます」

伊江村が受け取ると、無言のままそこに酒を注《つ》ぐ。

射場の膝《ひざ》の上から、スイッチが切れるように眠ってしまった人狼たちの、安らかな寝息が聞こえてくる。火鉢の熾火が収まるまで、二人の静かな酒宴《しゅえん》は続いた。

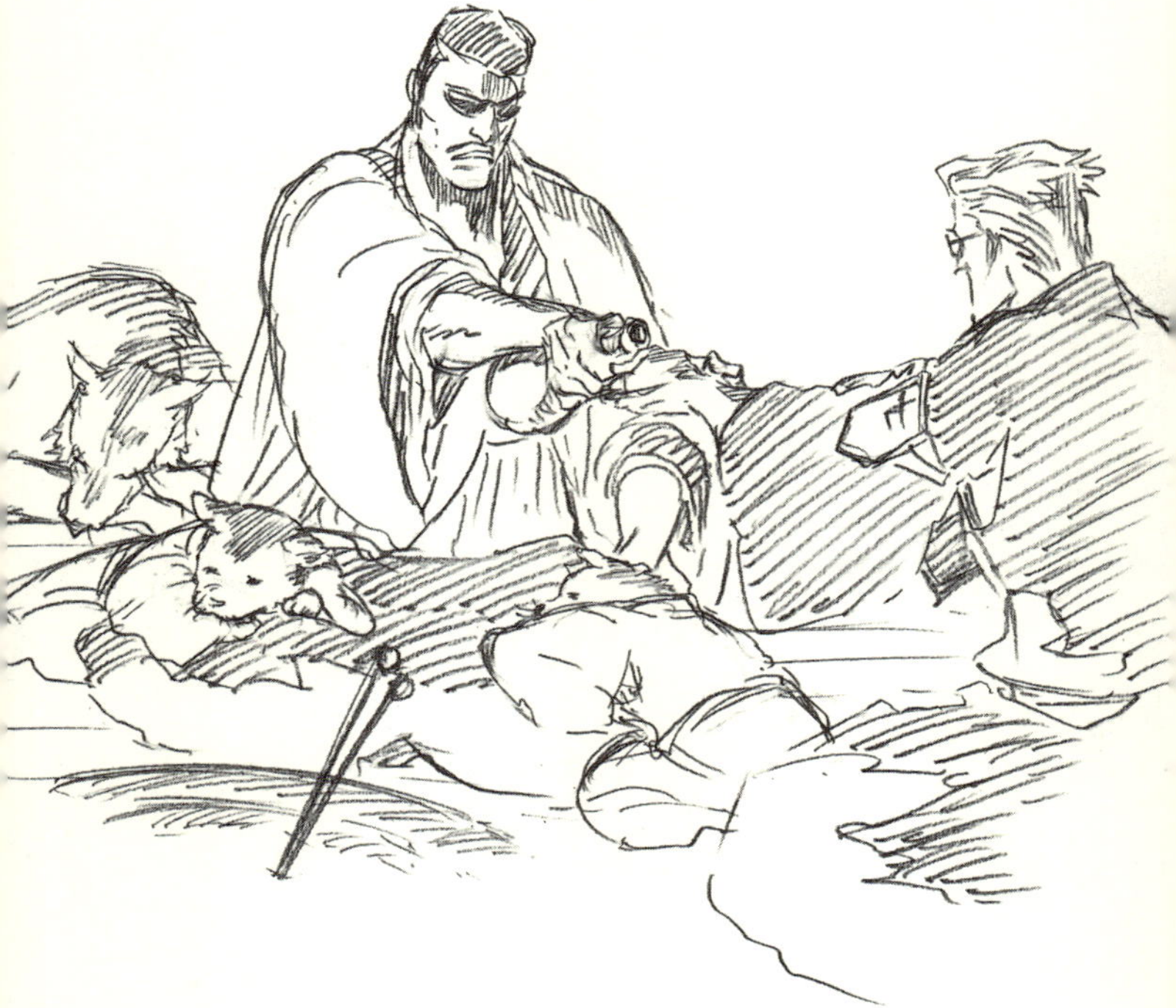

「ほれっ！　こいでどうじゃ？」

尻尾を通す穴を縫い終え、射場は二人に一着ずつ袴を渡した。

「ありがとう、テツさん！　今着てもいい？」

言うが早いか院生袴の腰紐《こしひも》に手をかけたショウマを、射場は、「待て待て！」と止める。

「明日にとっとけ！　儂ぁもう仕事に戻らんと」

「はぁーい……」

ショウマは残念そうに袴をしまい、鞄をかけた。「ほらショウマ、行くぞ！」とうるいにうながされ、射場に大きく手を振りながら隊舎脇の路地へ駆けていく。

人別録《にんべつろく》管理局で受付番号札をもらったルキアと恋次《れんじ》は、長い待ち時間を利用し、管理局にほど近い七番隊舎を訪れ、ちょうどその路地で二人と鉢合《はちあ》わせた。

「な、何と！　この子等《ら》は噂《うわさ》の……！」

霊術院に通っている人狼族の幼い兄弟が激カワであるという噂は、カワイイもの好きの女性隊士の間では有名だった。

「すっげ――――!!　副隊長がお二人も!!」

ショウマが目をキラキラさせて二人を見上げる。

「テツさーん！　阿散井《あばらい》副隊長と朽木《くちき》副隊長がお見えになりましたよー！」

うるいは隊舎裏へ射場を呼びに行った。

「よォ、子供オオカミ！　名前はなんてぇんだ？」

恋次はかがんで、ショウマと視線を合わせた。

「ショウマです！　明日から七番隊の死神見習です！　……かっこいいなぁ！　おれもそんな色の毛がよかったなぁー！」

「へへッ、いい色だろ？　地毛《じげ》だぜ？」

恋次の紅《くれない》の髪を見て、ショウマがファッサファァッサと尻尾を振る。

「はぁあ……！」

そのふわふわの尾に引き寄せられるようにしてルキアが近づくと、ショウマはピンと耳を立て、フンフンと鼻を鳴らし始めた。匂いの元をたどり、ルキアの体に鼻を近づける。

「コラコラ！」

恋次が後ろ襟をつかんでショウマをぶら下げる。

「そんな大っぴらに女の匂いを嗅《か》ぐんじゃねえ！　嗅ぐならバレねえように嗅げ！」

「……そもそも嗅ぐな」

「ごめんなさい！　でも甘いにおいがしたから、つい……」

甘い、と聞いて、ルキアは、「そうか、これの匂いか」と、袂《たもと》から小さな巾着袋《きんちゃくぶくろ》を取り出した。袋の口を開いてショウマに中を見せる。

「あめだま!!」

色とりどりの飴《あめ》を見て、ショウマは無意識にぺろっと鼻先を舐《な》めた。ルキアは巾着の口を閉じ、袋ごとショウマに渡してやる。

「兄上と一緒にお食べ」

「やった――!!」

袋を掲《かか》げて飛び跳ねるショウマの後ろから、「ありがとうございます、朽木副隊長！」と、射場を連れて戻ってきたうるいが言った。

「ほらもう行かんか！　敷地を見て回るんじゃろう？」

「そうだった！　テツさん、尻尾穴ありがとう！」

「テツさんまた明日ねー！　阿散井副隊長、朽木副隊長、さよーなら！」

射場に追い立てられ、二人は先を競《きそ》い合《あ》うようにして去っていった。

「なんともほほ笑《え》ましい兄弟ですね……」

「霊術院じゃ人気者らしいわ。撫でてぇ撫でてぇ、ゆうて」

「その気持ち、痛い程わかります……！」

「あのフサフサした尻尾とか、触《さわ》りたくなるよなァ」

先程の残像が目に焼きついているらしく、ルキアは、「はぁあ……」と揺れる尻尾に思いを馳《は》せた。

「そんでお前らは何しに来たんじゃ？　見たところ非番のようじゃが……」

恋次は死覇装だが副官章を外《はず》しており、ルキアは浅葱色《あさぎいろ》の涼しげな着物をまとっている。

二人は目で合図し合い、顎《あご》に手をやりこちらを見ている射場に、そろって頭を下げた。

「今度俺たち結婚するんで、そのご挨拶にうかがいました！」

「夫婦共々副官を続けて参りますので、今後とも宜《よろ》しくお願い申し上げます」

「ほうか！　副隊長同士が結婚とは、こりゃぁめでたいの!!」

射場は大きな手を打ち鳴らし、はにかむ二人に拍手を贈った。が、はたと何かに思い至り、手を止める。

結婚、婚姻届、人別録管理局、待ち時間——射場の中で、全《すべ》てが一つに繋《つな》がった。

「ははぁん？　お前ら今、人別局のくっそ長い待ち時間中かい!?」

「そーなんですよ！　いやホント、なんなんスかこの長さ⁉︎」

「ついでのように来てしまって申《もう》し訳《わけ》御座いません、射場隊長……」

「かまわんかまわん！　なんやかんやと忙しいじゃろうに、顔ぉ出してくれてありがとうの！」

射場はルキアの肩をポンと叩《たた》き、恋次の肩をグーで殴《なぐ》った。

「いってぇッ‼」

「頑張れや、阿散井‼」

射場がニィと笑いかける。恋次は、「押忍《オス》！」と礼を返した。

「報告書の赤入れがまだ途中じゃけぇ、儂ぁ仕事に戻るわ。お幸せにのぉ！」

射場は小脇に抱えた書類入れにチラッと目をやり、二人に軽く手を挙《あ》げて隊舎へ戻って行った。

人別録管理局へ戻る道すがら、ルキアは恋次に尋《たず》ねた。

「恋次……射場隊長は、元々あの様な方だったのか……？」

「あの様な、って言われてもなぁ……俺は特に何も思わなかったぜ？」

「そうか……」

何か考えている風《ふう》のルキアに、「なんだよ？」と恋次が問いかける。

「射場隊長とそれ程付き合いが深い訳《わけ》ではないのだが……あんなにも話し易《やす》い方だっただろうか、と驚いたのでな……私には、声を掛《か》け辛《づら》い方、という印象があったのだ」

「まぁ……話しかけやすいタイプじゃねぇわなー」

「何と言えばいいのか……こう……丸く…柔らかくなられたような……」

ルキアは両手を動かし、何かふわっとした丸いものを表現している。

「その形……オメェ、あのちびオオカミたちのこと考えてねぇか……？」

「そうか、それだ恋次！　あの子等の親代わりとなった事で、射場隊長は変わられたのかも知れぬ……！」

サングラス越しではあったが、射場が人狼の兄弟を見つめる目はとても穏《おだ》やかだった。

（……確かに、身近にあの様なもこふわしたものが彷徨《うろつ》いていたら、いつまでも近寄りがたい空気を纏《まと》っていられる筈《はず》がないな……！）

ルキアは強くそう思うと同時に、彼らの見習先が十三番隊ではないことを深く悔《く》やむのだった。

3

四番隊隊舎・執務室《しつむ》。

綜合救護詰所《そうごうきゅうごつめしょ》の巡回を終え隊舎へ戻ってきた虎徹勇音《こてついさね》は、「ただいま〜！」と声をかけつつ執務室の扉を開いた。

「おふぁえり姉ふぁん」

卓上に積まれた書類と格闘していた妹の清音《きよね》が顔を上げ、鈴《すず》カステラを頬張《ほおば》ったまま返事をする。

「あー！　また勤務中にお菓子食べてるー！」

「いいじゃんいいじゃん！　あたしたちしか居ないんだし！　書類仕事って頭使うから糖分足《た》んなくなるんだよねー」

「十三番隊でもやってたでしょ？　お菓子食べずに」

「いやいや、四番隊は書類の量が違うじゃん！　これは食べなきゃやってらんないよ〜」

言いつつ、清音は鈴カステラをポーンと上に投げ、口でキャッチして食べた。勇音は、

「もう！　書類にお砂糖こぼさないでよ？」とたしなめたが、食べること自体は止めなかった。

「そうそう、今ここに来る前にね、朽木《くちき》さんと阿散井《あばらい》くんに会ったの！」

「お！　結婚しますって言われた？」

「うん！　二人とも副隊長を続けるから、これからもよろしくお願いします、って。護廷《ごてい》隊士録管理局に婚姻《こんいん》届を出しに行くところだったみたい」

「あー、こっから近いもんねぇ」

「隊士局もすごく待つんですか？　って訊《き》かれたから、こっちはすぐですよーって教えてあげたの」

護廷隊士録管理局は、その名の通り護廷十三隊に所属している隊士の情報を管理している役所であり、窓口を訪れるのは非番の隊士のみなので、人別録管理局と比《くら》べると待ち時間は格段に短い。

「あたしも副隊長になる時、所属隊の登録変更に行ったなー。……あれからもう三年なのかぁ……」

前隊長・卯ノ花烈《うのはなれつ》の死後、勇音は四番隊隊長に緊急任命された。それは、拒否や保留が許されない強制的な任命だった。四番隊は、死神にとっての病院である綜合救護詰所を内包した組織であり、数多くの戦傷者を抱《かか》えた時期に長を不在にしておくわけにはいかなかったのだ。

『辛《つら》いだろうけど、キミに頼むしかないんだ……ごめんよ』

京楽《きょうらく》は自《みずか》ら勇音のもとを訪れ、任命状を置いていった。勇音はしばし呆然《ぼうぜん》と書状を見つめていたが、弾《はじ》かれたように立ち上がり京楽を追い、隊舎を出たところで追いついて、自分の隊長就任《しゅうにん》と同時に虎徹清音を副隊長に就任させてほしい、と懇願《こんがん》したのだった。

「ねぇ、姉さん。副隊長、なんであたしだったの？」

清音は仕事の手を止めず、訊いた。

「どうしたの急に？」

「そういえば訊いたことなかったなーと思って。就任してすぐのころはお互い仕事に慣《な》れるので精一杯だったじゃない？　二人とも落ちこんでたしさ……」

「……だから、かな」

勇音は次々に書類を処理しつつ、ぽつりと言う。

「あの時、私……清音にそばに居てほしかったし、清音のそばに居てあげたかったから」

勇音は卯ノ花を、清音は浮竹《うきたけ》を。互いに崇敬《すうけい》する相手を失ったばかりだった。支え合わなければ乗り越えられない、と勇音は思ったのだ。

「もちろん、それだけじゃないよ！　清音の回道《かいどう》の能力も加味して、だからね！」

「うん、ありがと……。でも副隊長に推《お》せるほどかなぁ？」

真剣な会話が少し照れくさくなったのか、清音は笑って首をひねった。

「何言ってるの！　回道は同期生の中で一番だったくせに！」

「まぁね～、座学は全然ダメだったけど」

「それを補《おぎな》って余りあるほど回道の能力が高い、って霊術院《れいじゅついん》の資料に書いてあったそうよ。……卯ノ花隊長がずっとあとになって教えてくださったの。本当は清音が四番隊に配属されるはずだったってこと」

「そうなの⁉　確かに、進路調査書にも四番隊志望って書いたっけ……」

妹と同じ隊で働きたかった、と漏《も》らした勇音に、卯ノ花は柔らかくほほ笑《え》んで内情を教えてくれた。

「正式決定の直前になって、元柳斎《げんりゅうさい》様が清音を十三番隊へ配属するよう学院長と卯ノ花隊長に申し出たんですって。浮竹隊長の近くに回道の得意な子を置きたかったんだろう、って卯ノ花隊長はおっしゃってたわ。……そのころは特に浮竹隊長の具合が思わしくなくって、卯ノ花隊長がよく雨乾堂《うげんどう》まで治療に出向いていたの」

「そうだったんだ……！　あのころ姉さんにも話したけど、入ってすぐの新人が隊長の身辺警護に回されるなんておかしいもんねぇ。そっか……元柳斎様が……」

浮竹隊長は本当にみんなに愛されていたんだな、と清音は改めて思う。新人の自分にも古株の隊士と同じように親しみを持って接してくれる浮竹のことを、清音はすぐに大好きになった。

「清音が十三番隊に入って、浮竹隊長が少しずつ回復していって……往診から戻った卯ノ花隊長が清音のことを褒《ほ》めてくれるのが、私とってもうれしかった」

素晴らしい妹さんね、と言われ、自分のこと以上に舞い上がったのを覚えている。

「清音は卯ノ花隊長のお墨付《すみつ》きなんだから、自信を持って四番隊副隊長を名乗っていいんだからね！」

「別に自信を失ってたわけじゃないけど……ありがとね、姉さん！」

清音は笑って、鈴カステラに手を伸ばす。が、紙袋の中はもう空《から》っぽだった。

「あ～あ、なくなっちゃったぁ。姉さん何か甘いの持ってない？」

「まだ食べるの？　お夕飯《ゆうはん》入らなくなっちゃうよ？」

「しょっぱいのは別腹だから平気平気～」

言いつつ、勇音用の物入れを開くと、中にはみっちりとお菓子が詰まっていた。

「めっちゃくちゃあるじゃん！　姉さんてこんなにお菓子食べるっけ……？」

「それは生け花教室用のおやつ。生け花を見ながらみんなでお茶とお菓子をいただいて、解散するから」

卯ノ花が主催していた月一《つきいち》の生け花教室を、今は勇音が行っている。正座すると足が痺《しび》れるから、と清音は参加していないが、四番隊のほとんどの女性隊士が出席する人気の教室である。

「それにしたって多いような……」

隣の棚《たな》の中も、棚の上の箱の中も、色とりどりのお菓子でいっぱいだった。

「……つい、買っちゃうの。やちるちゃんが好きだったお菓子」

勇音は清音が手にした金平糖《こんぺいとう》の袋を見て、さみしげにつぶやいた。

草鹿《くさじし》やちると最後に言葉を交《か》わしたのは、勇音だった。

星十字騎士団《シュテルンリッター》のV〝夢想家《ザ・ヴィジョナリィ》〟グレミィ・トゥミューの能力で折り砕かれてしまったやちるの両腕に霊圧《れいあつ》治療を施《ほどこ》し、勇音は詰めていた息をようやく吐き出す。

「ふぅ……これでどうにか動かせるはずです」

「ありがと、こてちん！」

にこりと笑って立ち上がり、やちるはグレミィが作り出した〝舞台〟を仰《あお》ぎ見《み》た。地面がせり上がってできた巨大な直方体の上では、更木《ざらき》剣八《けんぱち》とグレミィが戦っている。

「あたし行くね！」

「あっ、待ってください草鹿副隊長！　まだ激しく動いちゃ……」

勇音が伸ばした腕をすり抜け、駆け出す。

「やっと……やっと剣ちゃんに呼んでもらえる……」

かすかなつぶやき。

それが、勇音が最後に聞いたやちるの言葉だった。

「会長がいなくなって、女性死神協会の会議もなくなっちゃったからねぇ……副会長の七《なな》緒《お》さんは忙しいし、技術開発担当のネムさんは今まだ赤ちゃんだし……」

金平糖をぱくつきながら仕事を再開した清音に、勇音が「え⁉」と身を乗り出す。

「ネムさん、もう赤ちゃんの状態まで育ってるの⁉　前に私が見た時は、まだ全然……」

培養液で満たされた透明な円柱の中に浮かんだ肉の塊《かたまり》を、「眠八號《ネムリはちごう》だヨ！」と紹介され、ただただ戸惑《とまど》ったことを思い出す。

「この間あたし、みんなが怖《こわ》くて行きたくないって言うから、技術開発局の連中の健康診断結果を持ってったじゃない？　で、そん時にネムさんを見たんだけど、ハイハイで局内を爆走してたよ。あたしが挨拶《あいさつ》したら、止まってペコッて頭下げてくれてさー……かわいかったなぁ」

被造魂魄《ひぞうこんぱく》・眠七號《ななごう》から回収した脳を元に造《つく》られた八號は、体こそ違えど記憶と精神は七號のものを引《ひ》き継《つ》いでいる。

「はあぁ……見たいなぁ……！　見に行ってもいいのかな？」

「いいんじゃない？　涅《くろつち》隊長も自慢したくて仕方ないって感じだったし」

勇音はぱっと顔をほころばせ、「いつがいいかな～？」とうれしそうに卓上の予定帳をめくり、ふと何かを思いついたように顔を上げた。

「ネムさんに会いに行く時、みんなも誘ってみようかな……？　女性死神協会の」

「……うん、いいと思う！」

清音は満面の笑《え》みでうなずいた。

これが、女性死神協会新体制発足への第一歩であった。

4

六番隊隊舎・副官室。

高次霊位管理局への書面提出が予想以上に早く終わり、次に行くべき貴族会議の窓口が開くまでかなり時間が空《あ》いたため、恋次《れんじ》はルキアを伴《ともな》い私室の片づけに来ていた。

「全《まっ》く片づいておらぬではないか⁉」

襖《ふすま》を開いた途端、その惨状《さんじょう》にルキアは唖然《あぜん》とした。

部屋の中央に敷かれた布団《ふとん》の周囲に、着物、本、サッカーボールに筋トレグッズと、ありとあらゆる物が無秩序に散らばっている。

「何かと忙しかったんだから仕方ねーだろ⁉　そこに箱があるから、適当にどんどんブチこんでいってくれ」

「適当で良いのか？　仕分けして入れたほうが……」

「イヤ、今はスピードを重視してくれ！　仕分けは新居でやる！」

本当だろうか、と訝《いぶか》りつつ、ルキアは床の物を適当に箱に詰め始めた。

九席以上の席官《せきかん》は、隊舎内に私室を与えられる。ほとんどの者がそこで寝起きをするが、隊舎外に居住したい者にはその席次に応じた等級の住居が与えられる。三席までは集合住宅の一室が貸し出されるにすぎないが、隊長・副隊長ともなると〝邸宅〟と呼べるほど大きな一軒家が支給される。

これまで、恋次は隊舎、ルキアは朽木《くちき》邸で暮らしていたが、婚姻《こんいん》成立後はその制度を利用し、中央一番区に建つ邸宅へ二人で移り住むことになっていた。

「こんなもんでいいだろ！　あとは追々《おいおい》自分で片づけるわ。ありがとな、ルキア！」

「もう……良いのか？　……わかった」

ルキアからすればまだまだ散らかっているように思えるが、本人がいいと言うならいいのだろう、と納得した。

「まだちょっとあるな、時間。茶でも飲みに……」

恋次が言いかけた時、「恋次さーん！」とブンブン手を振りながら、六番隊第三席の行《ゆ》木理吉《きりきち》が廊下を駆けてきた。

「よかったぁー！　間に合った！」

「どうした理吉？　俺になんか用か？」

「恋次さんにというよりは、お二人に、ですね。オレじゃなくて、弟が」

「私もか？」

「弟ォ？」

首をひねる二人をその場に残し、「弟、呼んできます！」と理吉は廊下を駆けて行った。

一分と経《た》たずに、理吉は十三番隊の行木竜ノ介《りゅうのすけ》を伴《ともな》い戻ってきた。

「貴様……行木竜ノ介か⁉　駐在任務中だろう⁉」

「ひぃ！　すみませんすみません！　任務はちゃんと志乃《しの》さんがやってるはずなので許してくださいい〜〜‼」

走ってきた勢いそのままに土下座をし、竜之介が言う。

「浦原《うらはら》さんが、志乃さんの補佐には握菱鉄裁《つかびしてっさい》さんを付けるからむしろ普段より安心してくださいい、と副隊長に伝えてくれって……」

斑目《まだらめ》志乃は、二人体制で空座町《からくらちょう》の駐在任務に就《つ》いている竜之介の相棒である。

「それなら心配はないか……それより貴様、使いっ走りに出され、能力も軽《かろ》んじられて……浦原に舐《な》められ放題ではないか！」

「あはは～僕があの方にナメられないわけないじゃないですかぁ～」

「ヘラヘラするなっ!!」

「はいッ！　すみませんッ!!」

ルキアの叱責《しっせき》を受け、竜之介は再びビタッと土下座した。

「知り合いか？」

「十三番隊の隊士だ。空座町の駐在任務に就いている」

「そして、オレの弟です！　叱らないでやってください、朽木副隊長。こいつ、浦原喜助《きすけ》さんからお二人宛《あて》の荷物を預《あず》かってきたそうなんです」

理吉にうながされ、竜之介は背負っていた風呂敷包みを下ろし、中に入っていた化粧箱を二人に差し出した。

「なんとなく、開けんの怖《こえ》ェな……」

箱を受け取った恋次が、蓋《ふた》に手をかける。

「うむ……彼奴《きゃつ》からの贈り物だからな……」

ルキアは恋次の体に隠れるようにして、箱を開ける手元を見つめた。

箱が開き切る直前、中から、ボゥン！ と白い煙が吹き出し、

「どぉ〜もぉ〜！ ご無《ぶ》沙汰《さた》しております〜！」

と浦原の声が流れ始めた。

「うおわァッ!?」

「ヒィッ!?」

恋次が驚いて箱を投げ出そうが関係なく、音声は流れ続ける。竜之介は両腕で頭を守るようにしてうずくまり、理吉は腰を抜かして尻餅《しりもち》をついた。

「朽木サン、阿散井《あばらい》サン、ご結婚おめでとうございま〜す！」

声に合わせてファンファーレが鳴《な》り響《ひび》く。「オマエ言ったか？」と恋次に問われ、ルキアは首を横に振った。

「お二人そろっての二度目のお休みということは今日はまず高霊《こうれい》局へ行くはずで人別《にんべつ》局での待ち時間がトラウマになっているお二人は朝早くから出かけたものの案外早く終わって次の役所が開くまで時間があるから副官室の片づけでもしようとこの時間は六番隊舎に戻っているはずだと思いまして阿散井サンと仲のいい行木理吉サンの弟の竜之介サンにそこ

へ行ってもらったんスよ～」

「ほとんど預言者《よげんしゃ》じゃねぇか!!」

嫌《いや》な汗をかきつつ恋次が叫ぶ。もちろん、録音なので浦原の応《こた》えはない。

「アタシもお二人にはお世話になりましたんで、浦原商店から特別な贈り物をご用意させていただきました! テッテレー!」

白い煙が一瞬にして晴れ、中身があらわになった。

「転移杭《てんいくい》・ワープのすけ～!!」

中には、手のひら大の赤い杭《くい》と青い杭がそれぞれ八本ずつ収められ、空いたスペースに【転移杭・ワープのすけ】と彫《ほ》られた銀色のプレートがはまっている。

「その杭は、転界結柱《てんかいけっちゅう》の技術を応用して作った、同色四本で囲《かこ》った二点間を瞬時に移動できるアイテムっス! これから隊舎外で暮らすお二人のために、ご自宅とそれぞれの隊舎を一瞬で移動できるよう、二セットお届けしました!」

「瞬間移動ォ!? メチャクチャ便利じゃねぇか!!」

「確かに便利だが……」

話がうますぎるのではないか、とルキアは警戒した。

「同じような物を昔も作ったことあるんスけど、『それを使《つこ》うて敵に攻めこまれたらなんとする！』って総隊長に怒られちゃいまして……まぁそういうワケなんで、こっそり使ってくださいね～」

「普及しておらぬのはそういう訳《わけ》か……」

「まぁ、でも……な！　コッソリ使えば大丈夫……」

「元柳斎殿《げんりゅうさいどの》が否《いな》とされた物は使えぬだろう⁉」

「ちなみに、涅《くろつち》サンはこれと同じような物を瀞霊廷《せいれいてい》中に設置してバンバン使ってますけどね～」

「ホラな！」

「何が『ホラな！』だ！　涅隊長は技術を開発する立場なのだから実験的にこの様な物を使う事も……」

「そういえば、女性死神協会の皆サンもネムさんが設置したワープ装置をアジトへ行く時に使ってましたね」

「……な？」

「しかし……っ！」

「それから、大前田《おおまえだ》サンも涅サンに大金を払って、自宅と隊舎をワープできるようにしてます」

「よし、使おう！　最早《もはや》この装置は普及しておる！」

ルキアがそう断言すると、恋次が「っしゃッ!!」とガッツポーズを決めた。

「……このくらいで朽木サンも折れてると思うんで、商品の説明は以上っス！」

自分の思考が完全に読まれていたと知り、ルキアは「ぐぬぅ……」と悔《くや》しげに呻《うめ》いた。

「それでは、朽木サン、阿散井サン、末永くお幸せに！　……何かお困り事があれば言ってくださいね。アタシにできる事ならなんでも相談に乗りますんで」

「初代技術開発局局長が相談に乗ってくれるなら、怖《こわ》いモンねぇな！」

「ああ……本当にな……」

一体、何度この人に助けられただろうか。どんなに絶望的な状況であっても、対抗策を練《ね》り、進むべき道を示してくれた。

ルキアの胸に、感謝の思いがあふれる。

「なお、この音声は自動的に消滅しませんので、箱を開けている間繰《く》り返《かえ》し流れ続けます……………どぉ〜もぉ〜！　ご無沙汰しておりま」

ルキアは素早《すばや》く箱を閉じた。恋次が無言でそれを受け取り、蓋が開かないよう予備の髪紐《かみひも》でガチガチに縛《しば》る。

「……浦原さんって、こういう感じの方なんですね……」

理吉が残念そうにつぶやく。実際に浦原と接したことのない隊士は、そのすばらしい活躍を『瀞霊廷通信』で知り、ヒーロー視している者が多い。理吉もその一人だった。

「僕も会うまでは憧《あこが》れてたんだけどなぁ……」

今はもう憧れていないことを言外《げんがい》にほのめかし、竜之介がため息をつく。駐在任務中に浦原から様々な悪ふざけを仕掛けられたのだろうとルキアには容易《ようい》に想像がついた。

「一度戦いとなれば、あれ程頼りになる者はおらぬのだが……」

「浦原さんがコイツに尊敬されてねぇってことは、現世が平和だってことだろ？　……いいんじゃねぇか？　それで」

言って、恋次が笑う。

ルキアは、「それもそうだな……」とつぶやき、目を細めてうなずいた。

5

六番区・朽木《くちき》家邸宅。

金印《きんいん》貴族会議へ向かう日の朝、恋次《れんじ》は緊張した面持《おもも》ちで朽木家の巨大な正門をくぐった。掃《は》き清《きよ》められた石畳《いしだたみ》を進むと、丸眼鏡《まるめがね》をかけた白髪の老人——白哉《びゃくや》付きの従者・清家《せいけ》信恒《のぶつね》に出迎えられた。

「阿散井《あばらい》様、お待ちしておりました」

ゆったりと一礼し、「どうぞ、中へ」と玄関の戸を開ける。

「イヤ、俺、玄関前で待ち合わせを……」

「白哉様が、朝餉《あさげ》をご一緒に、とのことで御座います」

「隊長が⁉　わ、わかりました」

恋次はますます緊張し、ぎくしゃくした動きで清家のあとに続いた。

大広間にぽつんと三客お膳《ぜん》が置かれ、白哉、ルキア、恋次がそれぞれ黙々と箸《はし》を進めている。漆塗《うるしぬ》りのお膳に並んだ色とりどりの小鉢《こばち》をおかずにもりもり白米をかきこんでいた恋次が、耐えかねたように尋《たず》ねた。

「いつもこんな静かなんスか……？」

二人がほとんど音を立てずに食べるので、自分の食べる音ばかりが目立ってしまい、気恥ずかしい。

「いつもは別々なのだ。兄様《にいさま》は此方《こちら》で召し上がるが、私は部屋で頂いている。十三番隊は屋敷から離れているのでな……先に朝餉を済《す》ませ、兄様より早く発《た》たねば、始業時刻に間に合わぬのだ」

ルキアが静かに箸を置くと、部屋の隅《すみ》に控えていた給仕《きゅうじ》がすぐにお膳を下げ、水菓子とお茶がのせられた別のお膳を置いた。有難う、とルキアが声をかける。

「副官室に住めばいいじゃねぇか。始業直前まで寝られてラクだぜ～？　隊長も遅くなった時は泊まりますよね？　隊首室《たいしゅ》に」

「……泊まらぬ」

「そっスか……スンマセン」

「……が……いのだ……」

「……あァ？　なんだって？」

恋次が顔を向けると、ルキアがうつむいたまま何かをつぶやいている。

「食事が美味《おい》しいのだ……この家は……！　毎日食べたいと思うのが普通であろう……!?」

真《ま》っ赤《か》になって言う。控えていた清家とちよが、おやおや、あらまあ、と言いたげな顔でほほ笑《え》んだ。給仕は感極《かんきわ》まった様子《ようす》で目元を押さえている。

「食い意地張ってんなァ……」

「五月蠅《うるさ》いっ！」

「けどまぁ、確かにムチャクチャ旨《うめ》えよなぁ。毎日帰りたくなるのもうなずけるわ」

四杯目の茶碗《ちゃわん》を空《から》にした恋次は、箸を置き、ご馳走様《ちそうさま》でしたと手を合わせた。頬《ほお》を染めたまま梨《なし》を食べるルキアを見て、白哉が一つ咳払《せきばら》いをする。

「何時《いつ》でも食べに戻るが良い」

「やったぜ！　ありがとうございます、隊長!!」

「……お前ではない」

憮然《ぶぜん》とする白哉を見て、恋次は、「わかってますよォ！」と声を上げて笑った。

「兄様、有難う御座います……！」

ルキアが薄《う》っすらと目に涙を浮かべてほほ笑む。白哉の目が優しく細められたのを見て、恋次がぽかんと口を開いた。

「たっ…たたっ……たっ、隊長が……笑…った……!?」

「何をたたたた言っておるのだ……？　兄様とて、時にはお笑いに……」

「ルキア」

白哉の声に、それ以上言うな、という意思を感じ取り、ルキアは口をつぐむ。

「書状への押印《おういん》は済ませてある……行くぞ」

二人を残し、白哉はさっさと部屋を出ていってしまった。音もなく、清家もそれに続く。

「……隊長、テレてたよな？」

恋次が言うと、こらえきれないといった様子《ようす》で、プフッとちよが吹き出した。「これ」と目上の給仕にたしなめられ、申《もう》し訳《わけ》御座いません、と頭を下げた。が、その肩はまだ震えている。

「私達も行こう、恋次。……ちよ、何時迄《いつまで》も笑っていないで、着物を整《ととの》えてくれ」

「かしこまりました！」

ちよは立ち上がったルキアに素早《すばや》く歩み寄り、着崩《きくず》れを丁寧《ていねい》に整えていく。

「阿散井様はこちらへ」

初老の使用人が、隣室へ続く襖《ふすま》の前で恋次を呼んだ。

「え？　俺もスか？」

言ってルキアを見るが、恋次同様何も知らないようで首を傾《かし》げている。恋次が襖の前に立つと、使用人二人がかりで一気に襖が引かれた。

部屋の中央に蒔絵《まきえ》の入った美しい衣桁《いこう》が二架《にか》置かれており、そこに五つ紋の黒紋付《くろもんつき》と羽《は》織袴《おりはかま》が掛けられていた。

「スゲェ……！　……え？　これ俺の⁉」

「左様《さよう》で御座います。白哉様の命《めい》で誂《あつら》えさせて頂きました」

「兄様が……！」

直しを終えたちよが下がり、ルキアは恋次の横に並んだ。

「そういえば……兄様に結婚を報告した夜、恋次が帰ってから、『彼奴《きやつ》は礼服を持っているのか』と訊《き》かれて、まあどうせ持っておらぬでしょうとお答えしたのだが……」

「なんで決めつけたんだよ、持ってるかもしれねぇだろ⁉　持ってねぇけど‼」

ルキアは、やはりな、という顔で恋次を見た。恋次はぷいと顔を背《そむ》け、紋付に近づく。

「この紋……椿《つばき》か？」

張りのある黒い布地に、六番隊の隊花《たいか》である椿を象《かたど》った紋が白く染め抜かれていた。

「阿散井様は家紋をお持ちでないとの事……隊花の椿であれば、紋に相応《ふさわ》しいかと」

言って、使用人がゆったりと一礼する。ちよが、「椿の紋は清家様のご発案なんですよ」

と付《つ》け足《た》した。

「おお！　あのジイさんの！」

「白哉様は、『紋など何でも良い』とおっしゃって……」

「……おちよ、それは秘密にしといてくれてもよかったんだぜ……？」

至極《しごく》面倒そうな顔をした白哉が目に浮かび、恋次は小さくため息をついた。

「この様な良い物を……良かったな、恋次」

「おう！　……でもまぁ結局この紋付も、隣を歩くルキアが恥ずかしくねぇように、って
ことだろ？」

え、とルキアが恋次を見上げる。

恋次はニッと笑い、小さな背中を叩《たた》いて言った。

「……あの人がやることは、全部お前のためなんだよ、ルキア」


中央一番区。

ルキアたちが金印貴族会議の書状受付窓口へ到着すると、すでに連絡を受けていたらしい壮年《そうねん》の役人が一人、最敬礼で出迎えた。

「ご当主様はこちらへ」

男は背にしていた両開きの重厚な扉を開け、白哉を奥へ通す。

「お二人はそちらでお待ちください」

ルキアと恋次は、示された深緑色のソファーに並んで腰を下ろした。それを見届けると、役人は奥の部屋へ入り、扉を閉めた。

待合室が、しんと静まり返る。それほど広い空間ではないが、たった四つの家のために造《つく》られた場所にしては広すぎる、とルキアは思った。

「俺たちが見てる前でハンコ押すんじゃねぇのなー」

着慣《きな》れない紋付が窮屈《きゆうくつ》らしく、恋次は何度も首を回している。

「今朝《けさ》兄様が、既《すで》に押印を済ませた、と仰《おつしや》っていたからな……此処《ここ》では書状を提出するだけなのではないか？」

「提出するだけなら別室行く必要ねぇんじゃ……」

恋次が言い終えるより早く、奥の部屋の扉が開いた。役人の男が白哉を先に通し、自分も待合室へ出てくる。

「もう終わったんスか……⁉」

壁にかけられた時計を見る。二人が部屋に入ってから、まだ五分と経《た》っていない。

「阿散井恋次様、阿散井ルキア様」

ルキアの肩がビクッと跳《は》ねるのを見て、男はやんわりと笑った。

「ご成婚、おめでとうございます」

言って、二人の前に一枚の紙を差し出す。

【婚姻《こんいん》受理証明書】、とあった。

「ありがとう…ございます……」

あまりにも手続が早かったため、ポカンとしたまま証明書を受け取った恋次だったが、そこに記《しる》された【阿散井ルキア】という文字を見た途端、椅子《いす》から立ち上がった。

「やったぞルキア‼　俺たちやっと……やっと結婚できたんだな、これで‼」

ルキアは、自分が〝阿散井〟と呼ばれた衝撃で頭が真っ白になっていたが、恋次に肩を揺さぶられ、正気を取り戻した。

「阿散井ルキア様」

「はっ、はいっ！」

取り戻したばかりの正気を失わないよう必死に自制しつつ、ルキアは役人のほうを見た。男は【護廷《ごてい》隊士登録名変更届】と書かれた黄色い書面を掲《かか》げて言った。

「今後、仕事上でも阿散井姓を名乗られるのでしたら、こちらの書類を護廷隊士録管理局へ提出……」

「朽木姓のまま活動するので結構です!!」

「なんだ、変えねぇのか？」

「絶対に変えぬッ!!」

恋次は若干《じゃっかん》不服そうだったが、会う人会う人に阿散井と呼ばれたら精神が崩壊《ほうかい》するおそれがあると思い、ルキアは登録名の変更を断固として拒否したのだった。

白哉が役人に軽く会釈《えしゃく》をし、外へ出ていく。二人もそれに倣《なら》った。

（今はもう、阿散井、なのだな……）

ほんの数分で自分の姓が変わったことを、ルキアはなんとも不思議に思う。阿散井と呼ばれることに慣れる日が来るのだろうか、と考えつつ歩いていると、数歩先を歩いていた白哉が、不意に立ち止まった。

「……これで、お前達は夫婦《めおと》となった」

背を向けたまま、言う。二人は無意識に姿勢を正した。

「……恋次」

「はい！」

恋次は表情を引《ひ》き締《し》め次の言葉を待つ。白哉はわずかにうつむいて、言った。

「……ルキアを頼む」

恋次は深く腰を折り、噛《か》みしめるように、「はい……！」と答える。ルキアは涙をこらえ、きゅっと唇《くちびる》を噛んだ。

「隊長……！　俺、絶対……命懸《か》けてルキアのこと……」

「午後の隊首会で成婚の発表が出来るよう取《と》り計《はか》らっておいた……遅れるな」

何やらいいことを言おうとしていた恋次を遮《さえぎ》り、白哉が淡々と言う。

「午後…の……？　え……!?」

「……え？　ええっ⁉　今日っスか⁉」

二人は感情をぐわんぐわんに振り回され、軽いパニックにおちいった。

「でもっ……そのぅ……まだ心構《こころがま》えが……！」

ルキアは涙目であわあわと視線をさまよわせる。

「さ、さすがに急すぎじゃないスか⁉　もうちょっと落ち着いてから……」

「私の労を無駄《むだ》にする……と言うのだな……？」

白哉はゆっくりと首だけで振り返り、感情の削《そ》ぎ落《お》とされた瞳《ひとみ》で二人を見た。

「今日言います」

「申《もう》し訳《わけ》御座いませんでした」

二人は一瞬で正気に戻った。

「ならば、急げ」

最後に一睨《ひとにら》みすると、白哉は瞬歩《しゅんぽ》でその場を去った。

しばし呆然《ぼうぜん》とその場に立《た》ち尽《つ》くしていた二人も、ハッと我に返り、死覇装《しはくしょう》に着替えるため大あわてで朽木邸へ向かうのだった。

6

一番隊隊舎・隊首《たいしゅ》会議場。

伊勢《いせ》七緒《ななお》は、復興状況の報告を終えると、礼をして下がった。入れ替わるようにして歩《あゆ》み出《で》た京楽春水《きょうらくしゅんすい》が、「さて!」と胸の前で手を合わせ、一同を見渡す。

「今日はもう一つ、とっておきの報告があるんだ」

いよいよか……と、ルキアは緊張で震える指を握《にぎ》りこみ、大きく深呼吸した。チラと恋《れん》次《じ》を見ると、見たこともないほど目が泳いでいる。

「……さぁ、出てきて自分たちの口から伝えるといい」

京楽にうながされ、二人は列の後ろを通り、会議場の入り口前に並び立った。全員の視線が集まり、喉《のど》がカラカラに渇《かわ》く。

「えっと、俺……」

言いかけた恋次の脇《わき》を、ルキアが肘《ひじ》で小突《こづ》く。恋次は、「あ、そうか」とつぶやき、コホンと一つ咳払《せきばら》いをした。

「えー、わたくし阿散井《あばらい》恋次と朽木《くちき》ルキアは、本日入籍いたしました！」

「夫婦共に現在の職務を続けて参りますので、今後ともご指導ご鞭撻《べんたつ》の程《ほど》、宜《よろ》しくお願い申し上げます」

二人が頭を下げるのと同時に、京楽が袂《たもと》に忍《しの》ばせていたクラッカーを取り出し、紐《ひも》を引く。パーン、と乾いた音が鳴《な》り響《ひび》いた。

「いんやぁ〜おめでたいよねぇ〜！　どうだいみんな！　驚いただろう？」

ひらひらと紙吹雪《かみふぶき》が舞う中、京楽は皆の顔を見回す。

「……おやぁ？　みんなあんまり驚いてないね……？」

「皆さん知っておられたのでは？　お二人も隠していたわけではないでしょうし。……私も雛森《ひなもり》さんから聞いて知っていましたから」

「なぁんだ……みんな知ってたのか……」

がっかりした様子《ようす》の京楽に、砕蜂《ソイフォン》が言う。

「こいつらにさしたる興味はないが、当然情報は入っている」

「ボクはイヅルから聞いたよ。おめでとう。式にお祝いの音楽が必要ならいつでも相談に乗るからね」

ローズこと鳳橋《おおとりばし》楼十郎《ろうじゅうろう》がヴァイオリンを弾《ひ》く仕草をして笑った。

「わ、私は直接お二人から聞きました！」

隊数順に発言する流れだと察して、勇音《いさね》があわてて言う。

「オレは桃《もも》から聞いたわ。二人ともオメデトさん！　コイツ久々に着物新調する言うてエライはしゃいどったで？」

平子《ひらこ》は親指で、背後に立つ雛森を指す。雛森は、「今あたしの話はいいでしょう……!?」と頬《ほお》を赤らめた。

「ウチにも二人で挨拶《あいさつ》に来てくれたけえ、儂《わし》も知っとります」

沈黙している白哉《びゃくや》を飛ばして、射場《いば》が続ける。

「あたしも知っとるよ。おめでと。……ほんでさぁ、式までに現世からパールのヘアアクセを仕入れてほしいって乱菊《らんぎく》に頼まれとるんやけど、他にも要《い》る人おらん？」

「隊首会で商売すんじゃねぇ、リサ！　修兵《しゅうへい》が『瀞霊廷《せいれいてい》通信』でお前《め》ぇらの結婚特集やるっつって張り切ってんぞ。嫌《いや》なら早めに断《ことわ》っとけよ？」

拳西《けんせい》の後ろで、「やらせてくれ！　頼む……!!」と檜佐木《ひさぎ》が両手を合わせて拝《おが》んでいる。

「俺も二人から直接聞いた。……無事入籍できてよかったな」

日番谷《ひつがや》は、手続が面倒すぎて二人とも心が折れそうになっているらしい、と乱菊から聞いていたため、無事に済《す》むだろうかとずっと気にかけていたのだった。

「俺も知ってたぜ。一角《いっかく》と弓親《ゆみちか》がぎゃーぎゃー騒いでやがったからな」

剣八《けんぱち》は小指で耳をほじりながら言った。その後ろでは、それほど騒いではいないと言いたげな顔で、一角が口を引き結んでいる。

「モチロン私も知っているヨ。浦原《うらはら》から贈られた装置のことも……ネ」

マユリがギロリと視線を送ると、二人は冷や汗を浮かべてサッと目を背《そむ》けた。京楽は、やれやれ、と肩をすくめる。

「みんな知ってたなら、結婚の報告は飛ばしてもよかったかなぁ……でも、式のことはちゃんと話しておかないとね」

「……式？」

二人はそろって首を傾《かし》げた。

「俺たち式の予定はまだ立ててないんスけど……」

「式の事はこれから考えて、また個別にご報告させて頂ければ、と……」

それを聞いて、今度は京楽が首を傾げる。

「え？　でも、さっきボク、挙式は二週間後だって言われたんだけど」

「ええぇ⁉　誰にです⁉」

恋次に問われ、京楽が、「朽木隊長に」と白哉を指した。白哉は表情を微塵《みじん》も動かさず、目を伏《ふ》せたまま黙している。

「お二人は準備があるでしょうから、その前後を含めて三連休にしておきました」

「ひゅ～！　七緒ちゃん、気が利《き》くぅ～！」

「ちょ、ちょっと待って下さい……！　まだ心の整理が……！」

ルキアはぎゅっと心臓を押さえる。動悸《どうき》がまったく収まらない。

「隊長ォ‼　なんでいつも俺たちに相談してくれないんスか～～ッ⁉」

居合わせた者のうち、白哉の〝祝《いわ》い下手《べた》〟を知っている数名は、あの人またやらかしたんだな～、と対岸の火事を愉《たの》しんでいた。

「あれ……もしかして二人ともほんとに知らなかったの？　花婿《はなむこ》と花嫁なのに？」

京楽に訊《き》かれ、二人はちぎれんばかりに何度も首を縦《たて》に振った。

「朽木隊長～、さすがに当人たちには言っておかなきゃ駄目《だめ》だよ～」

やんわりとたしなめる京楽に、白哉が渋々といった様子で口を開く。

「……四大貴族の婚姻《こんいん》が煩瑣《はんさ》な手続の連続である事は、私も身を以《もっ》て知っている……」

亡妻・緋真《ひさな》との入籍は、今よりも護廷《ごてい》隊士の休日が少なかったこともあり、受理されるまでに二か月を要した。

「それに加《くわ》え、式の手筈《てはず》を整《ととの》える事など……無知なお前達に出来るとは到底《とうてい》思えぬ」

二人がぐうの音《ね》も出ず黙りこむのを見て、京楽が笑った。

「まぁ要約すると、入籍するまで大変だったろうから面倒な式の準備はお兄さんに任《まか》せなさい、ってことだね」

「ほんっまに難儀なやっちゃなぁー」

呆《あき》れ笑《わら》いを浮かべた平子は、白哉に睨《にら》まれ、「おーコワッ！」と肩をすくめた。

「兄様《にいさま》……本当に…何から何まで……有難う御座います！」

ルキアが言い、二人はそろって低頭する。白哉は小さく息を吐き、「総隊長……続きを」と京楽をうながした。

「さっき朽木隊長と相談したんだけどね……副隊長同士の結婚なんてそうそうないし、せっかくだから式の日は終業を二時間ばかり繰《く》り上《あ》げようか、ってことになったんだ。列席したい隊士も多いだろうし」

「な……っ⁉　そんなことまでしてもらっていいんスか⁉」

驚く恋次と重《かさ》なるようにして、「マジですかぁ⁉　やったぁ！」と乱菊が喜びの声を上げた。

「……松本《まつもと》」

日番谷にとがめられた乱菊は、「はーい、すみませーん」と形だけの謝罪《しゃざい》をする。

「まぁ二時間早めても、ちょっと遅い時刻からの式になっちゃうけど……夕暮れ時の花嫁さんも、きっと綺麗《きれい》だと思うよ」

京楽が目を細める。ルキアは万感の思いを込めて頭を下げた。

「まったく、平和なことだネ……もう終わりなら帰らせてもらうヨ」

マユリが列を離れ、扉へ向かう。ルキアと恋次はあわてて左右に分かれ、道を開けた。

「カワイイ八號《はちごう》ちゃんが待っとるからなぁ～」

平子にからかわれ、マユリがピタリと歩みを止める。

「ホウ……どうやら命が惜しくないようだネ……？」

振り向いた金色の瞳《ひとみ》に殺意が灯《とも》る。間近に立つ恋次の背が、一瞬にして粟立《あわだ》った。

「こらこら、喧嘩《けんか》しないの～」

パンパンと手を叩《たた》きながら京楽が言う。

「もう解散にするけど、涅《くろつち》隊長は平子隊長を殺さないこと！　いいね？」

拳西が呆《あき》れたように、「そんな注意の仕方があるかよ……」とつぶやく。マユリはフンッと鼻を鳴らし、阿近《アコン》を従え去っていった。

「それではこれにて、護廷《ごてい》十三隊定例隊首会を終わります。お疲れ様でした」

七緒が凜《りん》と通る声で宣言し、二人にとって生涯忘れることのできない隊首会が終了した。

挙式

1

現世。

空座町《からくらちょう》・桜橋《さくらばし》 自然公園。

線路を見下ろす高台に造《つく》られたこの公園は、井上織姫《いのうえおりひめ》のお気に入りの場所だった。十数本の樹木と数基のベンチがあるだけの小さな公園だが、どのベンチも見晴らしのいい位置に設置されており、どこに座ってもハズレがない。その中でも特に織姫が気に入っているのは線路側を向いたベンチで、そこから電車と町を眺めるのが好きだった。

今そのベンチに、朽木《くちき》ルキアと阿散井恋次《あばらいれんじ》が並んで座っていた。午後十時を回っており、眼下には空座町のこぢんまりとした夜景が広がっている。恋次はルキアほど現世に馴染《なじ》みがないため、電車が通り過ぎるたび物珍しそうに目で追っていた。

「朽木さ――――ん！」

高台へ続く階段を、織姫が手を振りながら駆け上がってくる。二人が立ち上がって手を振り返すと、「あれー？　阿散井くんもいっしょなのー!?」と驚きの声を上げた。

「よう！　元気そうだな、井上！」

「うん、元気だよー！」

織姫はそう答えつつ階段を昇りきり、「ふぅ、到着～」と上がった息を整《ととの》えた。

「遅くに時間を取らせてすまないな」

ルキアを中央に、三人は並んでベンチに腰を下ろす。

「ううん、そんなの気にしないで！　会いに来てくれてすっごくうれしい！」

「店のほうはどうだ？　相変《あいか》わらず繁盛しているのか？」

「うん！　もう毎日大盛況だよ！」

織姫は現在、『ＡＢＣｏｏｋ・ｉｅｓ』というパンとケーキの店で正社員として働いている。兄・井上昊《そら》を亡《な》くしてからは、遠い親戚《しんせき》から生活費の援助を受け暮らしていたが、元々高校卒業までしか援助をしないと宣告されていたため、織姫は三年の夏以降、卒業後の就職先を探していた。当時バイト先であった『ＡＢＣｏｏｋ・ｉｅｓ』の店長がその件を知り、それなら是非《ぜひ》ウチに、と懇願《こんがん》して織姫を入社させたのだった。

「乱菊《らんぎく》さんと砕蜂《ソイフォン》さんもよく買いに来てくれるんだー」

「松本《まつもと》副隊長はわかるが、砕蜂隊長も……!?」

「……夜一《よるいち》さんの使いっ走りじゃねぇのか？」

なるほど、とルキアは完全に納得した。

「それで、今日はどうしたの？　阿散井くんもいっしょだし……」

織姫は二人を見る。二人の間を流れる空気がなんとなく以前よりも親密になった気がして、織姫は、「ああっ！」と声を上げて立ち上がった。

「えっ！　待って、えっ!?　あっ、もしかして二人……二人は……！」

目をまんまるに見開いた織姫の頬《ほお》が、みるみる赤く染まっていく。言わずとも伝わるものなのだな、とルキアは目を細めたのだが――

「お、お、お付き合いを始めたのでは!?」

――織姫の勘《かん》は、人一倍鈍《にぶ》かった。

「……プッ！　ハハハハハッ!!　お付き合い……イヤ、ある意味じゃあそうなんだけどよォ!!」

大笑いする恋次を見てぽかんとしている織姫に、ルキアが言う。

「井上、私と恋次は……今日、入籍したのだ」

「え…………えええええっ!?　入籍って……結婚した、ってこと……だよね……!?」

そうだ、とルキアがうなずく。織姫はすうっと大きく息を吸いこみ、輝くような笑顔を浮かべたまま、ぼろぼろと泣き始めた。

「井上っ⁉」

「はあぁ……ううぅ……ごめんね……っ！　うれしいのとびっくりしたのとで……気持ちがぐちゃぐちゃになっちゃって……！」

ルキアが立ち上がり、優しく肩を抱いて織姫をベンチに座らせる。

「おめっ……でとっ……朽木…さん……っ」

しゃくり上げながら言う織姫に、うんうん、とうなずきながら、ルキアはその背中をさすった。

「……貴様、何をにやついておるのだ……？」

恋次がこちらを見て口元を緩《ゆる》めていることに気づいたルキアが、眉《まゆ》をひそめて言う。

「なんかいいな、と思ってよォ。……お前がそんな風《ふう》に誰かの世話焼いてるところなんて、見たことなかったからなァ……」

慈愛《じあい》に満ちたその横顔を美しいと思ったが、それは口にはしなかった。

「はぁ……もう平気……ありがとう、朽木さん！　二人とも本当におめでとうっ‼」

織姫がにっこりと笑う。

「……有難う、井上」

最後に一筋こぼれて落ちた涙を、ルキアはそっと指で拭《ぬぐ》った。


二人から入籍にまつわる苦労話を聞きさんざん笑ったあとで、織姫はふと、「黒崎《くろさき》くんにはもう話したんだよね？」とルキアに尋《たず》ねた。

「いや、まだだ。一護《いちご》にはこのあと報告に行こうと思っているが……もう遅いだろうか」

言って、恋次を見上げる。「どうせ夜更《よふ》かししてんだろ」と、恋次はなんの根拠《こんきょ》もなく言い切った。

「あたしがいちばん最初でいいのかなぁ……」

少し照れてもじもじしている織姫に、その数倍もじもじしながらルキアが言う。

「わっ、私は井上を……その……い、一番の友人だと思っているからなっ！　だからその……最初はお前に報告しようと…思って……」

語尾がゴニョゴニョと小さくなっていく。

「……お前、俺が結婚申しこんだ時より顔赤《あけ》ぇじゃねーか」

「だ、黙れ!!」

耳まで赤くなっているルキアを見て、織姫はまた涙目になって笑った。

「ありがとう、朽木さん！　あたしも大好きだよっ!!」


織姫は二人を見送ったあと、走って自宅へ戻った。兄の遺影にただいまを言い、息を整える間《ま》もなく、毒ヶ峰《どくがみね》リルカに電話をかける。

『……もしもしィ?』

四回のコールのあと、若干不機嫌《じゃっかんふきげん》なリルカの声が聞こえてきた。

「遅くにごめんね！　織姫です」

『先週アンタの店に行った時、あたし言ったわよね!?　今新しいブランドの立ち上げで忙しい、って！　話聞いてなかったワケ!?』

リルカは今、雪緒《ゆきお》・ハンス・フォラルルベルナが経営する『ワイハンス・エンタープライズ』のアパレル部門で、デザイナーとして働いている。ジャッキー・トリスタンも同じ企業で働いているが、発展途上国の支援に関《かか》わる仕事に就《つ》いているため常《つね》に世界中を飛び回っており、ほとんど顔を合わせることはない。

「モチロン聞いてたよ！　でもちょっと緊急事態で……」

『緊急事態ィ……？　だったら、さっさと用件を言いなさいよね！』

「うん！　ありがとう、リルカちゃん！　えっとね……」

　さっさと切れ、とは言わないリルカに感謝しつつ、織姫はルキアが結婚することと、式が二週間後に迫《せま》っていることを話した。

「それで、何か贈り物をしたいんだけど、何がいいかな……？　手作りで……結婚式で使えるようなものがいいなぁって思うんだけど……」

『初心者でも作れてカッコつきそうな物ねぇ……』

　コツコツと指先でテーブルを叩《たた》く音が聞こえてくる。

『……ブーケとかリングピローとか……でもあっちの世界って基本和装だし、神前式なんじゃないの？』

「あ、そっか！　……えっ、じゃあ、朽木さん、白無垢《しろむく》……!?　はあぁ、絶対かわいいよぉ……！」

『……はわはわしてんじゃないわよ……しかもあのルキアって子、貴族なんでしょ？　何もかも最高級品がそろえられるだろうから、シロウトが作った和装小物なんて見劣《みおと》りする

に決まってる……』

「ああっ‼」

織姫が上げた声に、『うるっさいわねッ‼　急にデカイ声出さないでよ‼』とリルカが
それ以上のボリュームで文句を言った。

「ごめんごめん……あのね、ドレスはどうかな？　ウェディングドレス！」

『はァ⁉　あと二週間で初心者がちゃんとしたドレスなんか作れるわけないでしょ⁉』

「でも、ドレスならかぶらないよね？　あたしがものすごくがんばれば……！」

『絶っ対ムリ‼』

「ううぅ……！　洋装の朽木さんも見たかったなぁ……」

心底残念そうに、織姫がつぶやく。

『……だったら、ベールはどう？』

受話口からリズミカルにキーボードを打つ音が聞こえ、『今調べてみたけど、最近は白無垢に洋髪合わせる人も結構いるみたいよ』とリルカが教えてくれる。

織姫は、ルキアの姿を思い浮かべた。

あのキリリとした小さな顔に、綿帽子《わたぼうし》はきっとよく似合うことだろう。だが、頭の大部

分を覆《おお》ってしまう綿帽子よりも、ベール越しに全体が透《す》けて見えたほうが、集まった人たち――主《おも》に自分――がルキアの美しさをより堪能《たんのう》できるのではないかと思えた。

「すごくいいと思う……！」

『ベールだったら、基本的にはソフトチュールを切るだけだからバカでもできるわ。で、裾《すそ》にぐるっと細い糸で刺繍《ししゅう》を入れたらどう？　小さな刺繍なら多少下手《へた》でも遠目に見る分にはわかんないだろうし』

「うんうん、刺繍入れたい！」

『作り方書いて材料といっしょに朝イチで送るわ。住所変わってないわよね？』

「ええっ⁉　いいよそんな申しわけないよ！　相談に乗ってくれただけですごく感謝してるから！　あとは自分で調べて……」

『はァ⁉　忙しい時に電話してきて今更《いまさら》遠慮とかしないでよね！　材料なんてこのへんに……ホラね、あった！』

片手に携帯を持ったまま、空《あ》いている手で目当ての物を探し当てたリルカは、『ん、これも使えそう……』と、次々に材料を発掘している。

「リルカちゃんありがとう、でもほんとに大丈夫だから……！」

『うるっさいわね、黙ってなさい!! ……だいたいねぇ! あたしはもう二度とアンタたちに関わらないつもりで姿を消したの! なのにアンタときたら三年前再会してからは何かっていうと電話してきて……新商品のドーナツが美味《おい》しいとか、どぉっでもいいのよッ! わかってんの織姫ッ!?』

「はいっ、すみませんっ! ……でもリルカちゃんいつも買いに来てくれるから……」

『あの店がオイシイから通ってるだけで、アンタが働いてるかどうかなんてあたしにはこれっぽっちも関係ないの!!』

「ごめんなさい〜〜〜!!」

リルカとの電話は最終的にいつもこの説教になる。織姫はリルカに他愛《たわい》のない連絡をして、こうして怒られるのが好きだった。元気いっぱい怒っているリルカの声を聞くと、ああ、今はもうさみしくないんだな、と、心が温かくなるのだった。

翌日リルカから届いた荷物には、たくさんの材料と手書きの手順書、そして——

【昨日《きのう》は言いすぎた　ごめん】

と書かれたメモが入っていた。

2

入籍の報告を受けた夜から、八日。

午後の授業を終えた黒崎一護《くろさきいちご》が自宅へ戻ると、玄関が様々なサイズの靴でいっぱいになっていた。

「もう集まってんのか……ただいまー」

靴を脱ぎリビングへ向かう。ドアを開けようとノブに手を伸ばすと、一瞬早く内側から開き、有沢竜貴《ありさわたつき》が飛び出してきた。

「うおっ、アブねっ！」

「あ、ゴメン一護！　あたし空手《からて》教室あるからもう行くわ！」

「あー、公民館で教えてるとか言ってたな……」

「そう、それそれ！　じゃーね！」

たつきはあわただしく靴を突っかけ、「お邪魔《じゃま》しましたー！」と玄関を出ていく。

「あ、おにいちゃんおかえりー！」

リビングの一歩手前で立ち止まっていた一護に、中から遊子《ゆず》が声をかけた。

「織姫《おりひめ》ちゃんがＡＢＣｏｏｋｉｅｓのケーキをたっくさん持ってきてくれたんだよ！　今ちょうどみんなで食べてたところなの。おにいちゃんも好きなの選んでね、冷蔵庫に入ってるから！」

「おう」

うなずいて部屋に入ると、床にクッションを敷き車座になって座っていた一同が、一斉《いっせい》に一護を見た。皆の中心には、製作途中のウェディングベールが広げられている。

「黒崎くん、おかえりなさい！　おじゃましてます！」

チョコレートケーキがのった皿を手にしてこちらに笑いかける織姫の隣で、茶渡《さど》泰虎《やすとら》が、

「久しぶりだな、一護」と軽く手を挙《あ》げた。もう一方の手には、うさぎ型の砂糖菓子がのせられたクリームたっぷりのカップケーキを持っている。

「遅《おせ》ぇーじゃねーか一護ォ！　有沢帰っちゃったぞ！」

「おかえり一護。土曜にも授業入れてるんだ、偉いね」

浅野《あさの》啓吾《けいご》と小島《こじま》水色《みずいろ》はすでにケーキを食べ終えたらしく、紅茶を飲みながら足を伸ばしてくつろいでいた。

「一兄《いちにい》おかえりー。……石田《いしだ》さん、ここの糸って最後どうすんの？」

夏梨《かりん》はちらっと顔を上げて言い、隣の石田雨竜《うりゅう》に縫《ぬ》いかけの刺繍《ししゅう》を見せアドバイスをもらっている。その手元を、逆側から一心《いっしん》も覗《のぞ》きこんでいた。

「オメーもやってんのかよ⁉」

「いいじゃねーか！　父ちゃんだってルキアちゃんを祝いたいんだよ！」

一護にそう言い返し、一心は真剣な眼差《まなざ》しでちくちくと刺繍を続ける。

「はい！　おにいちゃんの分！」

遊子は一護に紅茶が入ったマグカップを渡すと、夏梨の隣に座り作業を再開した。

一護の携帯電話に織姫からメールが届いたのは、一週間前の朝のことだった。ルキアと恋次《れんじ》の結婚祝いにウェディングベールを贈りたいので刺繍を入れるのを手伝ってもらえないか、という内容で、今ここに来ているメンバーにも同報送信されていた。織姫が全員の予定をすり合わせ、一護がうちを使えと場所の提供を申し出て、こうしてクロサキ医院に集合することになったのだった。

「スゲェな……もうかなりできてるじゃねーか」

壁の時計を見ると、午後三時を少し回ったところだった。事前に伝えられていた集合時刻は午後一時なので、それからまだ二時間と経《た》っていない。にもかかわらず、ベールはもう七割方完成している。

「この一週間、井上《いのうえ》さんがみんなのところを回って刺繍してもらってたんだって」

水色が言う。一護が、「みんな？」と訊《き》くと、織姫が答えた。

「えっとね、まずひよ里《り》ちゃんでしょ～、ハッチさんに羅武《ラブ》さん、それから浦原《うらはら》商店に行って～、浦原さんとテッサイさんとウルルちゃんとジン太くん！　で、おとといは空鶴《くうかく》さんのところに行って……」

「尸魂界《ソウル・ソサエティ》にも行ったのかよ⁉」

驚く一護に、織姫は、うん、と事もなげにうなずく。

「行ったことがバレないように、って浦原さんが霊圧《れいあつ》を消すマントみたいなのを貸してくれたから、二人にはバレてないと思うよ……？」

「……ソコは別に気にしてねぇけど……まぁいいや、それで？」

「岩鷲《ガンジュ》くんに刺繍してもらってたら、浦原から聞いたぞ～って夜一《よるいち》さんが来てくれたの！　あたしをおんぶしたまま瞬歩《しゅんぽ》で瀞霊廷《せいれいてい》をあちこち回ってくれて……あたしが知ってるほとんどの人に刺繍してもらえたんだぁ～！」

「井上、まさかとは思うが……朽木《くちき》白哉《びゃくや》も……？」

茶渡の問いかけに、織姫は残念そうに首を横に振った。

「白哉さんはね……見てた」

雨竜が、「見てた……？」とつぶやき、首をひねる。

「お付きの人……清家《せいけ》さんっていうおじいさんなんだけど……その清家さんが、ご当主様に針仕事なんてさせられませーん！　って。それで、代わりに清家さんが縫って、白哉さんはそれを見てたの。……ほら、このすごくキレイなのが清家さんの刺繍！」

織姫が指《さ》した一つの刺繍を見て、皆が、おお〜！　と感嘆《かんたん》の声を上げる。

その時、医院の入り口から、「すみませーん！」と言う声が聞こえてきた。「はーい、今行きまーす！」と、遊子が急いで受付に向かう。

「お父さーん、患者さんだよー！」

医院のほうから呼ばれ、へいへい、と一心が立ち上がる。

「俺のやるとこ残しといてくれよ!?」

「誰もとらねーよヒゲダルマ！　さっさと行け」

夏梨に冷たくあしらわれた一心は、口を尖《とが》らせながらリビングを出ていった。入れ替わりに遊子が戻ってきて、輪に加わる。

皆が黙々と作業する中フルーツのタルトを食べ終えた一護は、「で、俺はどこやればいい？」と空《あ》いている場所に座った。

「はい！　これにやり方が書いてあるから、黒崎くんはこのあたりに刺繍してね！」

織姫から渡された紙には、一番上に【苺《いちご》の花のぬい方】と書かれている。

「苺の花だったのか……この刺繍」

花びらを模《も》した五つの白い円の中央に、雄《お》しべと雌《め》しべを表すアスタリスク模様が金色の糸で刺されている。

「あたしが昔から好きな花なんだぁ……」

皆が縫った花びらの真ん中に織姫が金の刺繍を足《た》し、一つ一つ花を完成させていく。

「苺の花言葉は〝幸福な家庭〟と〝尊重と愛情〟……どっちも花嫁が身に着けるモチーフとしてぴったりだと思うよ」

ミシンのような正確さで花びらを縫いながら、雨竜が言う。織姫は、「あたし〝幸福な家庭〟しか知らなかったよ……！」と驚いている。

「なんで花言葉とか知ってんだよ……気持ち悪《わり》ィ」

顔をしかめた一護を、「お友だちにそんなこと言っちゃいけませんっ！」と遊子が叱った。

「うるさいな……！　一度見た情報は忘れないたちなんだよ！」

雨竜の言葉に、「マジで⁉」と啓吾が顔を上げる。

「なんかコツとかあんの？　オレ最近物忘れひどくてさぁ～。昨日《きのう》なんか〝くつした〟って単語が出てこなくて、【足　はく　袋】で検索《けんさく》したからね！　そしたら足袋《たび》が出てきちゃって余計混乱したからね！」

織姫と遊子が声を上げて笑う中、水色が、「おや？　脳の病気なのかな？」とにこやかに言った。

「スナック感覚で怖《こわ》い診断下すのやめてくれる⁉　石田先生《せんせ》ぇ～！　シロウトが勝手な判断するなって、コイツに言ってやってくださいよぉ～！」

啓吾は雨竜に話を振って、完全に無視された。隣に座っている遊子が、「浅野くん泣かないで！」と背中を叩《たた》いて励《はげ》ましている。

「そういや医大通ってんだったな……医大ってめちゃくちゃ金かかんじゃねーの？　オメー貧乏なのに大丈夫なのかよ？」

一護は慎重《しんちょう》に花びらの形を刺繍しつつ、視線を落としたまま訊いた。

「……僕は奨学金《しょうがくきん》を考えていたけど、学費は父が出してくれたよ。……以前の僕なら、余計なことをするなと突っぱねたかもしれないが……礼を言って受け入れるくらいには、父との仲も改善したさ」

穏《おだ》やかにそう語る雨竜を見て、一護は、そうか、と静かにうなずく。「以前の石田、やなヤツすぎない？」と言った啓吾は再び無視され、遊子に励まされた。

「すまないが、俺もそろそろ時間だ……」

腕時計を確認し、茶渡が立ち上がる。一護は、「なんだ、チャドもかよ？」残念そうに言った。

「ああ。スパーリングの相手を頼まれてるんだ……ヘビー級の日本チャンピオンに」

「ハァ!?　ヘビー級のチャンプって安堂《あんどう》ダニエルだろ!?　同じジムなのかよ!?」

「いや、別のジムだ。……うちの会長と知り合いらしい。デカイ奴《やつ》と打ち合いたいんだそうだ……」

「それでチャドにお声がかかったってわけだね……。チャンプの自信、なくならなきゃいいけど」

水色が肩をすくめて言う。

「ムゥ……！　そんなことにはならない……だろう、おそらく……」

自信なさげにつぶやきながら、茶渡は玄関へ向かった。その背中に、「手加減しろよー」と一護が声をかける。

この日、安堂に付き添って来た伝説の名コーチが茶渡の才能に惚《ほ》れこみ、その気はないと言う茶渡を数年がかりで口説《くど》き落《お》としプロ入りを決意させ、一気に世界チャンピオンの座へと導《みちび》いていくことになるのだが――それはもう少し先の話である。

時間が経《た》つにつれ、啓吾、水色、雨竜もそれぞれの用事で帰ってしまい、部屋には黒崎兄妹《きょうだい》と織姫だけが残った。

雨竜が帰る際、「あとはあたしが家で仕上げるから……」と織姫も出ようとしたのだが、もう少し手伝いたい、と遊子が引き止めたのだった。

安堂ダニエル

今、遊子は織姫と並んでキッチンに立ち、楽しそうに夕飯《ゆうはん》の支度《したく》をしている。一護と夏梨はその様子《ようす》を聞くともなく聞きつつ、そのまま床で刺繍を続けていた。織姫がやっていた金糸《きんし》での仕上げ作業は、夏梨が引《ひ》き継《つ》いでいる。

「遊子、楽しそうだよね」

一護にしか聞こえない声量で、夏梨が言う。

「そうだな……いつもよりはしゃいでるカンジだな」

「……あの子さ、あたしら相手だとついお母さん役しちゃって、全然甘えないじゃん？　だから織姫ちゃんが来ると、すごくうれしいんだと思う」

二人の明るい笑い声が、絶《た》え間《ま》なく聞こえてくる。

「……オマエはどうなんだよ？」

「あたしィ？　あたしは……うん、あたしもうれしいかな。……だってさ、織姫ちゃんって、ちょっとだけ……母さんに似てるから」

夏梨は手を止め、壁に貼《は》られた遺影を見上げた。特大のポスター風《ふう》遺影の中で、亡《な》き母・真咲《まさき》が朗《ほが》らかに笑っている。

「はぁーあ、こんな遺影じゃおちおち感傷にも浸《ひた》れないわ」

「確かにコレじゃあなー」

二人は顔を見合わせ、小さく笑い合った。その背後で医院とつながるドアが開き、「もうすぐ晩メシかぁ～？」と一心が戻ってきた。

「おっ！　織姫ちゃんも手伝ってくれてんのか！　よかったな、遊子！」

「うん！　ほとんど織姫ちゃんが作ってくれたんだよ！　ね、織姫ちゃん！」

遊子が笑いかける。織姫は、「自信作です！」と胸を張った。

「そりゃあ楽しみだなぁ！　で、どんな料理なんだい？」

「今夜のメインは、バター醤油《しょうゆ》で炒《いた》めた……」

一心が、「おおっ、うまそ～～！」と合いの手を入れる。

「ポテトサラダのグラタン風オムレツ鍋《なべ》です！」

自信満々に笑《え》む織姫の前で、なんだかよくわからないものがグツグツ煮立《にた》っていた。

「う……うまそう……なのかな、一護？」

「俺に聞くんじゃねーよ……」

――五人で囲《かこ》んだ、バター醤油で炒めたポテトサラダのグラタン風オムレツ鍋は、ごはんが進む大変においしい鍋だったという。

3

尸魂界《ソウル・ソサエティ》。

六番区・朽木《くちき》家祭祀殿《さいしでん》。

参門《さんもん》から祭祀殿へ延びる参道の両脇《りょうわき》に、多くの死神たちが集まっていた。普段通り死覇装《しはくしょう》で駆けつけた者もいれば、髪を結《ゆ》い上《あ》げ美しい着物をまとった者もいる。

尸魂界《ソウル・ソサエティ》には神がいないため、瀞霊廷《せいれいてい》内に神社や仏閣《ぶっかく》は存在しない。霊王《れいおう》を神のごとく崇《あが》める者も多いが、それはあくまでも王であり、神ではない。流魂街《ルコンがい》には、そこに住まう民《たみ》が生前崇めていた神仏を祀《まつ》った神殿がいくつも建てられているが、どれも現世での信仰を持ちこんだものであった。

朽木家は、祖先の御霊《みたま》を納《おさ》めた霊廟《れいびょう》の前に祭殿を建て、そこを祭祀の場としている。親族の会議から挙式、葬儀に至るまで、朽木家のありとあらゆる催《もよお》しがこの祭祀殿で行われる。

「うう……緊張してきたぁ……！」

黒いスーツ姿の一護《いちご》の隣で、織姫《おりひめ》がつぶやく。ふんわりとしたシフォン素材でできた淡《あわ》いピンクのワンピースを着た織姫は、その可憐《かれん》さと洋装の珍しさが相《あい》まって、周囲の視線を集めている。

「なんでオマエが緊張すんだよ……？」

「こっちの世界のしきたりとかなんにもわからないし……失礼なことしちゃったらどうしよう、って思って……」

不安げにうつむく織姫に、雨竜《うりゅう》が言う。

「さっき檜佐木《ひさぎ》さんに聞いたんだけど、そもそも瀞霊廷では余程《よほど》家柄《いえがら》の良《い》い人しか式を挙《あ》げないらしいんだ。籍を入れたあと親しい人を招いて祝宴《しゅくえん》を開いて終わり、というのが一般的で。……だから式の手順や決まりも家ごとに違っていて、これっていうルールはないそうだよ」

「……石田《いしだ》、その情報は……なんの解決にもなっていないんじゃないか……？」

そう茶渡《さど》に指摘された雨竜は、苦笑して答えた。

「まぁそうなんだけどね。僕が言いたかったのは、ここにいるほとんどの人が何も知らずに列席してるんだから、井上《いのうえ》さんも気にする必要はない、ってこと」

「最初からそう言やいいだろ……」

ぼそりと言った一護に、雨竜が反論しようと口を開いた時、参門のほうから、リィーン、と澄んだ鈴《すず》の音が鳴り渡った。ざわめいていた場が、一瞬にして静まり返る。

参門脇に立つ銀色の鈴を眼前に掲《かか》げた巫女《みこ》が、凜然《りんぜん》と言う。

「新郎様、ご参進《さんしん》！」

門がゆっくりと開いていく。

皆が注視する中現れたのは、黒紋付羽織袴《くろもんつきはおりはかま》姿の阿散井恋次《あばらいれんじ》だった。恋次が門を踏み越えると同時に、雅楽《ががく》隊の演奏が始まる。

雅《みやび》やかな音色《ねいろ》に合わせ、祭主《さいしゅ》の老人が恋次を先導する。あとについて一歩一歩参道を進み、恋次は祭祀殿へ続く階段の手前で立ち止まった。祭主にうながされ、参門を振り向く。

再び、リィーン、と鈴が鳴った。

「ご当主様、新婦様、ご参進！」

巫女の声が響《ひび》き、開いた門の先に、灰青色《はいせいしょく》の紋付羽織袴をまとった朽木白哉《びゃくや》が現れた。

白哉は、門外に停《と》められた輿《こし》の前に朱傘《しゅがさ》を差しかける。すると御簾《みす》が上がり、中からルキアが降りてきた。

その姿に、わあっ、と歓声《かんせい》が上がる。

それ自体が発光しているかのような純白の生地《きじ》で仕立てられた白無垢《しろむく》に身を包み、頭にはウェディングベールをかぶっている。ルキアの動きに合わせ、ふわりとベールが揺れ、その度《たび》に金の刺繡《ししゆう》が夕陽《ゆうひ》を弾《はじ》いてきらきらと輝いた。

ルキアは、白哉の差す朱傘に入り、二人並んで参道を歩《あゆ》み出《だ》す。

「……着けてくれたんだな、アレ」

一護が小声で話しかけると、織姫はすでに感極《かんきわ》まって号泣《ごうきゆう》していた。

「式のっ……あとで……着けてっ…見せてくれれば……いいって……言ったのにぃ……！うれ…しいよぅ……！　黒崎《くろさき》くん……おねがい……っ！」

持っていた一眼レフカメラを一護に渡す。この日のために奮発《ふんぱつ》して購入し、家で試し撮《ど》りを繰《く》り返《かえ》して万全の状態で今日に臨《のぞ》んだ織姫だったが、泣きすぎてカメラを構《かま》えられなくなることまでは想定していなかった。

「……撮っといてやるから、安心して泣いとけ」

一護がファインダーを覗《のぞ》くのを見て、織姫は、「あり…がとう……！」とハンカチで目を押さえたまま言った。

一護は繰り返しシャッターを押し、少しずつ近づいてくる二人の姿を撮影する。ズームを使うと、ベール越しにルキアがほほ笑《え》みを湛《たた》えているのがよく見えた。白哉はいつもと同じく、静かな目をしている。

（こんな時くらい笑えよなぁ……）

しょうがねー奴《やつ》だな、と一護はカメラを構えたまま苦笑した。

参道のちょうど真ん中《まなか》あたりに並んだ一護たちの前を、二人が通り過ぎていく。ルキアは号泣する織姫を見て慈《いつく》しむように目を細め、その隣でレンズを向けている一護に、ニッと笑顔を向けた。パシャリとシャッターを切る。白哉は、無粋《ぶすい》な物を持ちこむなと言いたげに一護を一瞥《いちべつ》した。

二人は音楽に合わせてゆったりと参道を歩き、祭祀殿の手前で待つ恋次のもとへとたどり着いた。恋次が一礼すると、白哉は差していた朱傘を閉じ、それを恋次に渡す。

「………幸せに」

それは、ルキアにしか届かない、声。

白哉を見上げる。切れ長の目が、さみしげに細められていた。

「兄《にい》…様《さま》………!」

涙がこみ上げてくる。白哉は息を吐き、泣くな、と口の形だけで伝えると、ルキアの肩に手を添《そ》え、そっと恋次のほうへ送り出した。

朱傘を差した恋次が、ルキアを迎え入れる。ルキアは傘の下から、白哉に深く深く、頭を下げた。

二人は祭主にうながされ、祭祀殿への階段を一段ずつ昇《のぼ》っていく。

白哉はその背中を、眩《まぶ》しい思いで見つめていた。

祭主の祝詞奏上《のりとそうじょう》、二人の三三九度の盃《さかずき》交換を経《へ》て、婚姻《こんいん》の儀《ぎ》は全《すべ》て滞《とどこお》りなく終了した。

4

式のあと、朽木《くちき》家祭祀殿《さいしでん》からほど近い恋次《れんじ》行きつけの居酒屋『だるま屋』を貸し切って、祝宴《しゅくえん》が開かれた。

前回の反省を踏まえ、今回は店の手配を恋次が行ったのだが、「朽木に任《まか》せればまた高級料亭で飲めたかもしれないのにぃ〜！」と、早速《さっそく》乱菊《らんぎく》からクレームが出ていた。

「高級料亭ってなんだよ副隊長ォ⁉」

十三番隊第三席の小椿仙太郎《こつばきせんたろう》がルキアに詰め寄ると、清音《きよね》が仙太郎にショルダータックルをくらわせ話に割りこんだ。

「いってぇな‼　ハナクソゴリラ女‼」

「あたしも行ったけどぉ〜、あそこ酒もメシも旨《うま》かったわよぉ〜！」

「なんでテメェが呼ばれて俺が呼ばれてねぇんだよ⁉」

「親しい人を集めての結婚発表だったからよ！　親しい人を集めての、ね！」

「副隊長……まさか俺のこと……嫌ってんのか……⁉」

「キライに決まってんでしょゲロヒゲハチマキ‼」

「違いますから嫌いじゃないですから！　小椿殿《どの》には隊舎でお伝えしたので呼ばなかっただけなのです！　場所が高級店になったのは不測の事態で……！」

あわあわと仲裁《ちゅうさい》に入るルキアを見て、織姫《おりひめ》はシャッターを切った。

「あわててる朽木さんって新鮮……！　へへ……カワイイところが撮《と》れちゃった……！」

「あんたさっきから朽木ばーっか撮ってるわねぇ……あたしも撮っていいのよ?」

「ほんと⁉　撮りたい撮りたいっ!」

仕立てたばかりの着物を見てほしくて仕方ない乱菊が、織姫の前でキメ顔を作る。大輪《たいりん》の牡丹《ぼたん》が描かれた若紫色《わかむらさきいろ》の着物は、乱菊の金色の髪によく似合っていた。

「そーだ!　女子みんなで朽木を囲《かこ》んで撮りましょうよ!」

「わぁ!　いいですね~!」

勇音《いさね》が賛同すると、あちこちに座っていた女性死神がルキアの周《まわ》りに集まってきた。

「隊長~!　シャッター押してくださいよ~!」

「なんで俺なんだよ……⁉」

文句を言いつつ、日番谷《ひつがや》は織姫からカメラを受け取り、指示されるままに何枚も写真を撮った。

女性陣が顔を寄せ合い、カメラの液晶画面で写真を確認しているところに、「邪魔《じゃま》するよォ」と京楽春水《きょうらくしゅんすい》が入ってきた。

「総隊長!!　来てくださったんスか⁉」

恋次が席を立ち出迎える。

「いやぁ、華《はな》やかだねぇ～」

京楽の視線は恋次を跳《と》び越《こ》え、着物姿の女性隊士たちに注《そそ》がれていた。その輪の中から
ルキアが歩《あゆ》み出《で》て、「来て下さって有難う御座います、総隊長」と一礼する。

「ああ、ルキアちゃん！　ボクね、キミに話があって来たんだ」

ルキアが、「私に？」と首を傾《かし》げる。京楽はうなずき、店の入口を指《さ》した。

「ちょっと出ようか。……阿散井《あばらい》くん、ほんの少し花嫁さんを借りていくよ」

「え？　あ、ハイ！　どうぞ！」

なんの話だろうと思いつつ、恋次は二人の背中を見送った。


『だるま屋』の前には大きな池があり、そのほとりで酔《よ》い覚《ざ》ましができるようにといくつか長椅子《ながいす》が置いてある。ルキアは京楽に言われるまま、その長椅子の一つに座った。

「キミに、これを」

隣に腰掛けた京楽から、ちょうど膝《ひざ》にのる大きさの風呂敷包みを渡された。中には、何か柔らかい物が入っている。

「これは……？」

「開けてごらん」

うなずき、結び目を解《と》く。

「これ……は……！」

目に飛びこんできたのは、十三、の文字。

それは、十三番隊の隊首羽織《たいしゅばおり》だった。

「……浮竹《うきたけ》から、キミへ」

「浮竹隊長…から……？」

「浮竹が〝神掛《かみかけ》〟を使う前にね、ボクにこれを渡して言ったんだ。『俺の次の隊長には、朽木ルキアを置いてくれ』って……縁起でもないこと言うんじゃないよ、って突っ返そうとしたんだけど、『朽木には内緒でたのむぞ。また俺が着るかもしれない羽織だからな』って笑って押しつけられちゃってね……」

ああ、まただ、と京楽は思った。

また一人、ボクに大切な物を預《あず》けて逝《い》ってしまう――。

「そんな……私に隊長など……！　そんな器《うつわ》では……」

ルキアは【十三】の上に手を置き、唇《くちびる》を嚙《か》む。自分がこれを背負《せお》う……そう考えただけ

で、奥歯が鳴りそうなほど体が震える。それなのに、浮竹がこれを自分に遺《のこ》してくれたことへの感謝で、胸が灼《や》けそうに熱かった。

「……その羽織はね、元々は海燕《カイエン》くんのために誂《あつら》えた物なんだそうだ」

「え……？」

唐突《とうとつ》に挙《あ》がったその名に、ルキアは目を見開く。

「ボクよりキミのほうがよく知ってると思うけど……浮竹は海燕くんをとても買っていてね……。彼に隊長を譲《ゆず》って、自分は引退しようと考えていたんだ」

浮竹は茶菓子を持って八番隊舎を訪れ、その考えを京楽に打ち明けた。

『治療術式の知識には自信があるから、救護詰所《きゅうごつめしょ》の顧問《こもん》になるのはどうだろう？』

引退後の身の振り方を楽しそうに話していた、その四日後――志波《しば》海燕は虚《ホロウ》と戦い、浮竹の眼前で命を落としたのだった。

「……隊首羽織まで注文していたとは知らなかったよ」

あの日京楽は、浮竹の引退話を冗談半分に受け取っていた。いつもの茶飲み話の延長だろう、と。

（本気、だったんだな……）

海燕の死後、何十年も手放すことができず、隊首室の片隅《かたすみ》で眠っていた隊首羽織。それをルキアに合わせて仕立て直そうと決意した時、浮竹はきっと、あの日のように笑っていたのだろう。

「ボクが今日までこれを渡さなかったのはね、キミの心が育つのを待っていたからなんだ」

「心……？」

うん、と京楽がうなずく。

「キミは強い。能力だけ見れば隊長の資格は十分だ。……だけど、心が追いついていなかった。長として隊を背負って立つ……そういう心が」

「……はい………」

「……でも！」

京楽は立ち上がり、笑顔でルキアを見下ろした。

「今日式に列席していた十三番隊の子たちを見て、思ったんだ。彼らの中には、もうその心が育っている……キミを隊長として、いっしょに隊を支えていくっていう心がね」

「皆が……私を……？」

「ずっと浮竹が隊長やってたからなのかなぁ……十三番隊の子は、支える覚悟ができる子が多いよねぇ……」

「そう……ですね、本当に……いつも助けられてばかりです」

隊長代行となり、相当仕事が増《ふ》えるだろうと思っていたルキアだったが、清音が四番隊に異動したにもかかわらず、ほとんど仕事量は変わらなかった。十三番隊では昔から、浮竹の負担を軽くするため、隊士たちが工夫して隊長の仕事を減らしているのだ、と小椿から教えられた。

「そうやって、みんなに支えられる……みんなが支えたいと思えることも、十三番隊隊長の条件なのかもしれないね……」

ルキアは羽織を見つめる。

支えられ、支える――そんな隊長に、自分もなれるだろうか。

「今すぐじゃなくていいんだ。キミの決意を待つよ。……でも、ボクは今の時点で、キミには十分隊長の資格があると思ってる。それだけは忘れないでおくれよ？」

「……はい！　有難う御座います……！」

ルキアは羽織を抱きしめて立ち上がり、京楽に深々と頭を下げた。

「おっと、忘れるところだった……はい、結婚の御祝《おいわ》い！」

京楽は袂《たもと》から封筒を取り出し、ルキアに手渡す。ずっしりと紙幣《しへい》の重みを感じるほど分《ぶ》厚《あつ》い封筒だった。

「こ、こんなに頂けません！」

「まぁまぁ、ボクと浮竹からだと思って受け取ってよ！」

そう言うと、ひらひらと手を振り去っていく。

「あっ、総隊長……！」

ルキアは封筒を返そうと手を伸ばしたが、一瞬早く、京楽は瞬歩《しゅんぽ》で消えてしまった。ふう、と息を吐き、隊首羽織を丁寧《ていねい》に風呂敷で包む。

「浮竹隊長……もう少し時間を下さい。いずれ、必ず……！」

そう遠くない未来に、きっと。

ルキアは羽織にそう誓《ちか》いを立て、小走りで店に戻った。

祝宴開始から四時間が経《た》ち、ぐずぐずに酔《よ》い潰《つぶ》れる者が出始めたころ、「僕はそろそろ……」と雨竜《うりゅう》が立ち上がった。

「阿散井、朽木さん、今日はありがとう。末永くお幸せに」

二人のそばまで来て、軽く一礼する。

「それと……式場に受付がなくてご祝儀《しゅうぎ》をいつ渡せばいいのかわからなかったんだけど……今でもいいのかな？」

雨竜は声を落として言い、恋次に祝儀袋を差し出した。それを見ていた茶渡《さど》が、「俺も……」と祝儀袋を取り出し、連鎖《れんさ》的に一護《いちご》と織姫もそれぞれ祝儀袋を手に集まってきた。

「お前ら全員持ってきたのかァ⁉　んなもん要《い》らねぇよ！　現世からわざわざ来てくれたってだけで十分なんだからよォ！」

「そういうわけにはいかない！　こうして飲み食いさせてもらったし……中身は現世のお金だから、今度こっちに来た時に、これで義骸《ぎがい》用の服でも買ってくれ」

雨竜は恋次の手に無理やり祝儀袋を押しつけた。

「こういうのは気持ちだから！　ねっ！」

織姫も雨竜に倣《なら》い、ルキアの手に祝儀袋を握《にぎ》らせる。

「持って帰らせるほうが失礼だ……大人《おとな》しく受け取ってくれ」

「こっちは俺で、こっちはオヤジからだ」

恋次の手の上に、茶渡と一護と一心《いっしん》の祝儀袋が重《かさ》ねられた。

「一心殿まで……⁉」

驚くルキアに、一護が言う。

「アイツ……海燕ってヤツが死んだ時に、ホントはオマエのこと励《はげ》ましてやりたかったんだと。……そん時のこと、スゲー後悔《こうかい》してるんだってよ。だからオマエには目一杯幸せになってほしい、って言ってたぜ」

一心は、志波海燕の叔父《おじ》にあたる。

海燕が死んだ時、一心は十番隊の隊長だった。自慢の甥《おい》が死んだことはもちろんショックだったが、浮竹から死に至る経緯《いきさつ》を聞かされ、最《もつと》も救いの手が必要なのはルキアだと思い、何度も十三番隊へ足を運んだ。しかし、そのあまりに痛々しい横顔を見ると、どうしても声をかけることができなかったのだった。

「……そうか……」

ルキアはあのころの自分を思う。海燕の命をこの手で絶《た》ったあの日から、心を深く暗いところへ閉《と》ざしていた自分に、『お前は多くの人に気遣《きづか》われ、たくさんの思いに護《まも》られているのだぞ』と教えてやりたい。

「何度も穿界門《せんかいもん》開けてもらうのも悪《わり》ィし、俺たちも帰るか」

一護の提案に、そうだなと茶渡がうなずく。

「ええ～！　もう帰っちゃうのぉ～？　ウチに泊まればいいじゃん、織姫ぇ～」

とろんとした目で乱菊が言う。その隣では、檜佐木《ひさぎ》とイヅルが完全に酔い潰れていた。

「ありがと、乱菊さん！　でもあたし、明日《あした》も朝から仕事だから……」

「じゃあしょうがないかぁ……一護は？　ウチ、泊まってく？」

目を細め妖艶《ようえん》にほほ笑《え》む乱菊に、一護が、「と、泊まるワケねーだろ⁉」とあわてて答える。

「なんだ、ざぁ～んねん！」

乱菊はくすくすと笑いながら、「それじゃみんな、またねぇ～」と、顔の横で小さく手を振った。

「今、六番隊の穿界門を開けるように連絡しといたからよ！」

伝令神機《でんれいしんき》を懐《ふところ》に戻し、恋次が言う。

「ルキア、ちょっと俺こいつら門まで送ってくるわ。お前は残ってみんなの相手しててくれ！」

「わかった。……皆、今日は有難う。あの様な素晴らしいベールを頂いたのに、祝儀まで貰《もら》ってしまって……すまない」

ペこっと頭を下げる。

「また現世で会おう！」

ルキアは笑顔でそう言うと、店の奥へ戻っていった。

5

穿界門《せんかいもん》へ向かう道すがら、最後尾《さいこうび》の恋次《れんじ》が、すぐ前を歩く一護《いちご》を呼び寄せた。

「……なんだよ？」

先行する三人と距離が開き、互いの会話が聞こえなくなる。

「……テメェもそろそろハッキリしてやれよ？」

恋次が言う。一護は、はぁ？　と首をひねった。

「トボケてんじゃねーぞ。……井上《いのうえ》のことだよ」

「な……!?」

聞こえる距離ではないとわかってはいるが、一護は思わず織姫《おりひめ》の反応を見た。織姫は、雨竜《うりゅう》と茶渡《さど》に挟《はさ》まれ、何か楽しそうに話をしている。

「惚《ほ》れてんだろ？」

「……それは……っ！」

恋次のストレートな物言いに、一護はいちいち言葉を詰まらせる。

「あんないい子を、あんま待たせんじゃねぇぞ」

「……わかってるよ」

消え入るような声で応《こた》える。

「……んだよ……急に兄貴風吹かすんじゃねーよ……！　自分は何十年もグズグズしてたくせによー……」

ブツブツとつぶやく一護を置いて、恋次は前を歩く三人のほうへ走っていった。雨竜と茶渡に声をかけ、織姫にはシッシッと手を振ってみせる。

「あの野郎……っ！　何やってんだ……⁉」

しょんぼりと肩を落とした織姫が、一護のほうへ歩いてきた。

「男同士の話があるからあっちに行ってろ、って言われちゃった……」

「そ、そうか……」

「黒崎《くろさき》くんも行っていいよ？　あたし、離れて歩くから」

「いや、俺は……」

前を行く一団を見る。恋次が一護を見て、あとは上手《うま》くやれよと言わんばかりに思いっきり親指を立てた。

「……行かなくていいみたいだ」

「そうなの……？」

織姫が不思議そうに見上げてくる。気の遣《つか》い方が下手《へた》すぎる！　と、一護は頭を掻《か》きむしりたい気分だった。

「朽木《くちき》さん、キレイだったなぁ……」

一護の心中など知る由《よし》もない織姫が、しみじみとつぶやく。

「ベールもすっごく似合ってたよね……はぁあ……」

思い出して感極《かんきわ》まったらしく、織姫はまた目に涙をためている。

「黒崎くん、今日カメラ代わってくれてありがとう！　見るの楽しみだなぁ……ちゃんとアルバムにして、みんなにも送るからね！」

織姫が笑いかけると、一護は顔をこわばらせたまま、「おう」と応えた。

「……どうかしたの、黒崎くん？」

心配そうに眉根《まゆね》を寄せる織姫に、なんでもない、と首を振る。

他愛《たわい》のない話をしているうちに、遠く穿界門が見えてきた。先行していた三人は、既《すで》に門の前で談笑している。

一護は、大きく深呼吸をした。

「なぁ、井上」

立ち止まり、織姫を見る。

「何？」

織姫は首を傾《かし》げて、一護を見上げた。

「話……あるから、今度時間作ってくんねーか？」

POSTSCRIPT

KUBO TITE

「最終回前の、ルキアの結婚式辺りって描かれる予定ありますか？」

小説版編集部からそう訊かれて、いや全然描くつもりないですけど。
そう答えたのが最初でした。

ラストバトルから一気に時間を飛ばし、一護とルキアの子供達が出会って終わる、という、描きたかった通りの最終回が描けた僕は、それに何かを付け足すつもりが無かったのです。

もし描かれる予定が無いなら小説で描きたい、と松原先生が言っていると聞き、じゃあ是非お願いしますと書いて頂いた小説です。

松原先生からは、告白やプロポーズのシーンは久保先生が描かないと、自分を含めた読者は納得しないから、そこを外して書くと言われ、それで結婚式の小説が成立すんの！？と思ったんですが、見事に成立してました。そして、じんわりと泣きました。

きっと僕と同じようにルキアや一護が好きな人は、じんわりと泣いてくれるんじゃないかと思っています。

久保帯人

POSTSCRIPT

MATSUBARA MAKOTO

松原真琴です。

BLEACHの完結を記念して小説を、というお話をいただいた時、
一護と織姫、ルキアと恋次の結婚にまつわる話を書きたい、
と思いました。

ですが、告白やプロポーズといった肝のシーンは書きませんでした。
私がそれを具体的に描写することで、ファンの皆様の中にある
「この二人ならきっとこうだろうなぁ」という
想像のお邪魔をしたくなかったからです。

今作が皆様の『空白の十年』の想像の一助となりますように。

松原真琴

■初出
BLEACH　WE DO knot ALWAYS LOVE YOU　書き下ろし

[BLEACH] WE DO knot ALWAYS LOVE YOU

2016年12月31日　第1刷発行
2023年6月30日　第10刷発行

著　者／久保帯人 ◉ 松原真琴

編　集／株式会社　集英社インターナショナル
〒101-8050　東京都千代田区一ツ橋2-5-10
TEL　03-5211-2632(代)

装　丁／石野竜生 [Freiheit]

担当編集／六郷祐介

編集人／千葉佳余

発行者／瓶子吉久

発行所／株式会社　集英社
〒101-8050　東京都千代田区一ツ橋2-5-10
TEL　03-3230-6297(編集部)
03-3230-6080(読者係)
03-3230-6393(販売部・書店専用)

印刷所／図書印刷株式会社

Printed in Japan　ISBN978-4-08-703412-7　C0093

JUMP j BOOKS

JUMP j BOOKS：http://j-books.shueisha.co.jp/

本書のご意見・ご感想はこちらまで！

http://j-books.shueisha.co.jp/enquete/

JUMP j BOOKS
SHUEISHA